모든 자리에서 모든 사람들이 무언가를,
무엇이든 하고 있다고 말해야 한다.

정보연

세계의
악당으로부터
나를
구하는 법

세계의 악당으로부터 나를 구하는 법

정소연 에세이

차례

들어가는 말 9

2부 말하는 여성으로 산다는 것

3부 우리가 이야기가 될 때

들어가는 말

그동안 여러 지면에 쓴 칼럼, 수필, 해설을 모았다. 칼럼과 수필은 주제와 분위기가 다소 겹치는 몇 편을 제외하되, 가능한 한 다 싣고자 했다. 사회 일반의 이슈에 관한 글을 1부, 페미니즘 이슈와 보다 관련이 있는 글을 2부로 나누어보았다. 따로 있는 본문을 보충하는 글인 옮긴이의 말(역자 후기)과 작품 해설은 오래 고심하다 3부에 몇 편을 추려 실었다. 독자가 이 책을 읽은 후 나의 번역서나 내가 해설한 책을 찾아본다면 기쁠 것이다.

이 책에는 내가 전업 작가일 때, 겸업 작가일 때, 변호사일 때 쓴 글이 두루 실려 있다. 오랜 기간에 걸쳐 쓴 글을 다시 읽어보니 내가 글 쓰는 사람으로서 하고 싶은 말과 한 명의 시민으로서 누군가는 할 필요가 있다고 생각한 말이 자주 겹쳤다. 다행스러운 일이다. 여러 지면에 글을 쓰며 악성 댓글을 만나기도 했고, 모르는 분들의 격려를 받기도 했다. 신기한 일이다. 무척 개인적인 글도 있고 시의성이 강한 글도 있는데, 글이 이토록 솔직하게 나를 드러낸다는 것은, 조금 무섭지만, 역시 멋진 일이다.

이 책이 그 무게만큼 독자에게 닿고, 가능한 한 독자의 삶에 남기를 바란다.

2021년 11월에,
정소연

1부
신념을 홀대하는 세상에서

윤리에 관하여

작가로 일하다 변호사가 된 다음 자주 받는 질문들이 있다. "변호사로 전직한 이유가 뭔가요?", "강력범을 변호할 수 있나요?", "돈을 많이 버나요?" 같은 무난한 질문도 있지만, 다소 곤란한 질문도 있다. 그중 가장 난처한 질문을 딱 하나 꼽자면 단연 "사건 맡은 경험으로 소설을 쓰기도 하나요?"다.

이 질문을 처음 받았을 때 나는 몹시 당황했다. 상상해본 적조차 없었기 때문이다. 변호사는 타인의 민감한 분쟁을 다루고, 비밀 유지 의무를 진다. 작가는 글을 쓰는 사람이고, 글은 아주 널리 퍼질 가능성이 있다. 세상 어느 누가 "일한 경험을 소설로 쓴다"고 말하는 변호사에게 자신의 사건을 맡기겠는가? 받은 사람 입장에서 생각해보면, 이것은 변호사로서나 작가로서나 직업윤리상 "그렇다"고 답할 수 없는 외통수 질문인 것이다.

그러나 여러 해 두 직업인으로 살아오며, 나는 이것이 비법조인/비소설가라면 떠올릴 만한 궁금증이라는 사실을 차츰 깨닫게 되었다. 일단 법조인은 발언권이 큰 직업이다. 글을 쓸 기회도 방송에 출연할 기회도 많다. 읽어보면 사건의 사실관계를 특정할 수 없도록 변형했구나 싶은 경험담이 많지만, 비법조인들이 이런 바꾼 부분을 알아보기는 쉽지 않을 테니, 결과물만 보면 변호사 경험을 글로 쓰는 사람이 상당히 많아 보일 법하다.

게다가 모든 법조인들이 법조 윤리를 잘 지키는 것은 아니다. 모든 직업이 그렇듯, 법조에도 직업적 윤리에 아주 민감한 사람과 아주 둔감한 사람이 동시에 존재한다. 저연차 변호사일 적, 서초동 카페에서 자신이 본 연예인의 가정 폭력 CCTV 영상 내용을 큰 소리로 떠드는 법원 관계자를 보고 충격을 받았던 기억이 아직도 생생하다(이 문장은 습관적인 일부 사실관계 변형을 거친 것이다).

작가도 마찬가지다. 작가마다 창작의 시작점은 다르다. 어떤 이들은 밖에서 출발해 글을 빚어낸다. 타인의 희비극이나 사회의 경험을 원재료로 놀라운 보편성과 완성도를 획득한 걸작이 적지 않다. 창작의 과정과 결과에서 윤리성을 갖추는 것은 작가의 역량과 판단에 달려 있는데, 이 부분이 부족했거나 아무 생각도 없었거나 심지어 현생의 원한을 등장인물에게 풀고 있는 것 같은 글이, 세상에는 많이도 나와 있다. 이 두 현실을 합치고 "어디에서 영감을 얻나요?"라는 작가들이 받는 단골 질문에 악의 없는 호기심을 조금 더하면, "(자극적인 사건을 많이 볼) 변호사 일에서 소재를 얻나요?"가 나오는 것이다.

내 답은 매번 다르다. 대개는 "아뇨, 그다지"라고만 한다. 까칠한 변호사인 날엔 "그건 법조 윤리 위반이고 제 자격증은 소중합니다"라고 한다. 지친 노동자인 날에는 "변호사도 그냥 직업인데, 굳이 다른 데서까지 일 얘길 더 하고 싶겠어요"라고 한다. 그리고 가끔, 성실한 작가인 오늘 같은 날에는, "저는 소설은 사람들의 삶 속에서 어떤 경험, 감정, 관계를 발견하고 재구성하는 예술이라고 생각해요. 그러나 변호사가 만나는 사건은 대개 이미 진행되어 고정된 갈등이죠. 제가 해결해야 하는. 그래서 소설가인 저에게 사건은 소재가 될 수 없어요"라고 답한다.

노조가 필요한 노동 변호사

남편이 17년 회사원 생활을 끝내고 주부로 전업했다. 시작은 적폐 청산이었다. 적폐 청산의 나비효과가 남편의 회사에까지 닥쳤고, 중간을 생략하고 결론만 말하자면 남편의 회사는 구조 조정을 시작했다.

회사에 가기 싫다는 말은 남편의 입버릇이었지만, 그 말은 언제나 "그래도 회사에서 나가라고 할 때까지는 다녀야죠"로 끝나곤 했다. 나는 남편에게 원하는 대로 하라고 답하곤 했지만, 정말로 나만 일하는 상황을 상상해본 적은 없었다. 우리는 '회사에서 나가라고 할 때'까지 아직 시간이 있다고 생각했다. 사기업이니 아마 4~5년 정도겠지만, 그때까지는 설마 괜찮겠지.

'설마'가 '어?'로 바뀌는 데에는 몇 달 걸리지 않았다.

닥치고 보니, 나는 노동 변호사랍시고 일하고 있었는데 남편에게는 가입한 상급 노동조합조차 없었다. "기업별 노조였어요?" 나는 입을 떡 벌리고 남편에게 물었다. "어떻게 그럴 수가 있죠?" 당연히 그럴 수가 있다. 우리나라의 노조 조직률은 10퍼센트 남짓이고, 민주노총이나 한국노총에 가입해 있는 근로자의 수는 많지 않다. 상급 조직이 없는 노동조합의 협상력이야 빤하다. 산별노조나 총연맹에 가입해 있어도 노사 관계에서 근로자의 힘은 사용자에 비해 턱없이 부족하다. 그런데 심지어 기업별 노조였다니. 내 사무실에 앉아 있었다면 "선생님, 정말 안타깝지만, 소송을 하셔도 부당해고를 인정받기는 쉽지 않습니다. 가능하다면 사측의 제안을 잘 살펴보시고 이직할 곳을 찾아보시는 것도 방법일 수 있습니다"라고 말했을 상황이다.

그런데 아이고, 그 선생님이 내 남편이네!

구조 조정의 순서는 직원이 열 명이든 백 명이든 천 명이든 비슷하다. 우선 회사가 어렵다는 말이 돈다. 그 말이 이메일로 회람된다. 서면 공지 사항으로 사내 게시판에 게시된다. 희망퇴직 조건이 공지된다. 그 조건 말미에는 꼭 사직서 제출 마감과, 이후 n차 희망퇴직 시에는 동일 조건을 보장할 수 없다는 문구가 붙어 있다. 희망퇴직원을 쓰는 직원이 많지 않으면 공지가 또 나온다. 동일 조건을 보장할 수 없다는 문구의 글자 크기가 더 커지고, 인원 감축을 하겠다는 공지도 더해진다. 그다음은 비교적 상냥한 일대일 면담이다. 그다음은 상냥하지 않은 일대일 면담이다. 회사가 찍어내는 직원들도 있다. 일대일 면담을 종일 당하거나 근무지에서 훨씬 먼 곳으로 불려가는 직원들이 생긴다. 여기부터 변호사를 찾거나, 병원을 찾거나, 사직서를 쓰거나, 피켓을 드는 분들이 나온다. 근로자와 회사가 가진 자원은 대체로 불공평하다. 한 단계 한 단계 지날수록 사람들은 상처를 받는다. 노동조합이 있더라도 상급 단체가 없다면 개인이 오래 버틸 수 있는 길이 아니다.

희망퇴직 조건은 처음부터 좋지 않았다. 당연한 결과로, 희망퇴직 의사를 밝힌 직원의 수도 매우 적었다. 2차 공지가 나왔다. 월요일부터는 면담을 시작한단다. 앞으로의 진행이 훤히 보였다. 법의 표현을 빌리자면 경영상의 이유로 하는 해고가 눈앞에 다가왔다. 구조 조정은 뒤로 갈수록 가속되고 거칠어진다. 자원도 부족하고, 사직하는 직원들이 빠져나가면서 근로자 측이 수적으로도 줄어들기 때문이다. 나는 그 모든 과정을 여러 번 보았고 대리인으로 거치기도 했다. 남편이 희망퇴직 공지를 들고 귀가했던 때에도, 나는 노동조합 사건을 여럿 맡고 있었다.

우리는 투쟁하지 않기로 했다. 남편은 첫 일대일 면담에 사

신념을 홀대하는 세상에서

직서를 들고 들어갔다. 팀장이 좋아헸다나. 나는 투쟁을 너무 열심히 했더니 나한테 전속 매니저가 생겼다는 농담을 남편에게 건넸다.

그로부터 1년, 어떤 동네에는 새 세상이 온 것 같다. 그러나 나는 여전히 "안타깝지만", "혹시 노조는 없나요?" 같은 말을 하며, 일하고 있다.

열세 자리 번호로 움직이는 삶

평생을 한국에 살다 보면 당연하게 받아들인 일에 뒤늦게 깜짝 놀랄 때가 있다. 그중 하나가 주민등록 제도*다. 나는 태어났을 때부터 주민등록번호를 가지고 있었다. 앞부분은 생년월일, 뒷부분은 성별과 지역 코드로 이루어진 번호다. 이 번호는 주민등록증이라는 형체도 갖고 있는데, 여기에는 나의 얼굴과 지문이라는 생체 정보와 현주소까지 노출되어 있다. 내 주민등록을 알면 나라는 사람의 생일, 생물학적 성별, 생김새, 지문, 과거와 현재 주소, 현재 함께 살고 있는 사람을 모두 알 수 있다. 한국에 사는 한국인들은 모두 이 번호를 갖고 있다.

---

* 주민등록번호 열세 자리 중 뒤의 여섯 자리가 2020년 10월부터 임의번호로 개편되었다. 2020년 10월 이후 주민등록번호를 새로 부여받는 국민은 임의번호를 받고 있다.

신념을 홀대하는 세상에서

이런 나라는 전 세계에 한국밖에 없다.

한국의 주민등록 제도와 그나마 가장 비슷한 제도가 있는 나라는 이스라엘인데, 이스라엘도 한국 정도는 아니다. 다른 나라들은 정보를 쪼개고 숫자를 무작위로 부여한다. 반면 한국은 한 사람을 하나의 번호에 연결하고, 이를 뛰어난 행정력으로 관리하고, 이를 정보 강국답게 전산화까지 한 결과, 한국인의 개인 정보를 전 세계의 공공재로 만들었다.

주민등록 제도의 가장 큰 문제점 중 하나는 한국에 사는 사람이라면 반드시 자신과 연결되어 있고 규칙에 부합하는 딱 하나의 열세 자리 번호를 가져야 한다는 점이다. 달리 말하면, 자신과 연결된 번호가 하나 이상이거나, 한국에 살지 않거나, 어떤 식으로든 다르면 한국의 시스템에서 아예 배제될 위험에 처한다는 말이다. 주민등록 제도는 1968년에 본격 도입되었다. 그다지 먼 과거가 아니다. 당시 살아 있던 사람들이 일제히 주민등록번호를 부여받았다. 전 국민에게 번호를 부여하는 작업을 하면 당연히 실수가 있기 마련이다.

사람은 한 명인데 주민등록번호가 두 개인 경우가 있다. 통상 한 주민등록번호는 주민등록에, 다른 하나는 가족관계등록부에 연결되어 있다. 1968년 일제 등록 시 발생한 문제일 가능성이 높다. 평생 어머니와 세대원으로 살았는데 가족관계등록부를 발급해보면 엄마가 없는 기상천외한 일이 생긴다. 본인도 모르고 살다 상속, 노령연금 신청 등을 계기로 뒤늦게 아는 경우도 적지 않다.

또한 해외 동포가 있었다. 우리 주민등록법은 본래 해외 영주권자에게 주민등록번호를 부여하지 않았다. 혼동하기 쉽지만, 주민등록은 국민 등록이 아니다. 한국인이 아니라 '한국에 사는' 한국인에게 주어지는 번호다. 그렇다 보니 특히 한국 국적을 유지한 재일 동포들은 처음부터 불편이 컸다. 일제강점기에 일본에 이주해—강제 이주가 많다—한국 국적을 유지한 조선인은 일본에서 특별 영주권을 갖는다. 특별 영주권은 한번 포기하면 회복할 수 없다. 일본에 살면서 한국이라는 뿌리를 지키고자 국적을 유지한 동포들이 모국인 한국에 와서 몇 년을 살아도, 가정을 꾸려도 특별 영주권을 포기하지 않는 한 주민등록번호를 발급받지 못해 행정 사각지대에 놓였다. 특별 영주권자가 수십만 명인데 이 법이 개정된 것은 고작 몇 년 전이다.

다른 기막힌 케이스는 새터민이다. 새터민들은 경기도 안성시에 있는 하나원 소재지에서 주민등록번호를 받다 보니 뒷자리 코드가 거의 동일했다. 그러자 중국 정부에서 안성시 코드 주민등록번호를 가진 한국인들의 입국을 거절하거나 조사를 했다. 그냥 고향이 안성일 뿐인 사람들이 중국 공안을 만나는 기막힌 일이 자꾸 발생했고, 정부가 새터민 주민등록번호 구조를 바꾸고서야 정리되었다.

 아직 성별 정정이나 개인 정보 유출 피해자, 지역 차별에 대해서는 쓰지도 못했다. 이 모든 일은 결코 불가피한 불편이 아니다. '주민 하나 = 하나의 일련번호'로 정하지만 않으면 일어나지도 않았을 일이다. 산 사람이 겪는 곤란보다 일련번호의 편리함이 중할 수 없고, 중해서도 안 된다. 사람에 정보가 노출된 번호를 붙이는 국가, 이 제도가 익숙한 사회의 한계를 생각할 때다.

요령 없는 인종 차별 국가

2018년 12월 14일, UN 인종차별 철폐 위원회가 한국 정부에 대한 최종 견해를 발표했다. '모든 형태의 인종차별 철폐에 관한 국제 협약(인종차별 철폐 협약)'은 UN이 1965년에 채택한 협약으로, 국제 인권 기본 규범 중 하나다. 우리나라에서는 1979년에 발효됐다.

인종차별 철폐 협약을 비준한 나라는 인종차별 철폐 위원회에 정기적으로 국가 보고서를 제출한다. 그리고 돌아가며 위원회의 심의를 받는다. 위원회는 국가 보고서와 여러 자료들을 살펴보고, 당사국 정부에 질문을 하고 답변을 들은 다음 그나라의 인종차별 상황에 대한 판단과 권고 사항을 공식적으로 발표하는데, 이것이 바로 최종 견해다.

어름에 있었던 일본 심의는 일제강점기 위안부, 강제 노동, 재일 동포 차별같이 우리나라와도 관련이 있는 이슈들이 있어 한국에서도 꽤 화제가 되었다. 그때는 우리나라가 피해자인 이슈에 대해 일본 정부가 변명을 했다. 이번 우리나라 심의는 우리나라 정부가 보고와 해명을 하는 자리였다.

나는 2012년 한국 심의에 시민 사회단체의 일원으로 참가했었다. 그때 우리나라는 인종차별 가중처벌과 차별 금지법 제정 권고를 받았다. 이주 노동자 인권침해, 폭력적인 이주민 단속, 다문화 가정에 대한 차별 같은 이슈들이 꽤 문제가 되었다.

그로부터 6년이 지나 위원회가 낸 권고들 중에는 6년 전과 비슷한 것들이 적지 않았다. 우리나라가 몇 년이 지나는 동안 인종차별 문제에서 그다지 더 나은 나라가 되지 못했다는 뜻이다. 같은 권고를 거듭 받는 것은 상당히 부끄러운 일이다. 낭비적이기도 하다.

우리나라 정도 되면, 국내 현실이 아직 국제 기준을 적용하기 어려운 상황이라는 변명은 제네바에 가서 하기 부끄럽다. 우리나라는 UN 전(前) 사무총장 배출국이고 인권 이사회 이사국이다. 2017년에 우리나라가 UN에 낸 분담금은 2억 3천만 달러에 달했다. 우리나라는 UN 핵심 분담국 중 하나다. 이건 그냥 갖는 지위가 아니고 그냥 내는 돈이 아니다.

인권에는 가격이 없다. 그러나 세상에는 공짜가 없는 것 또한 엄연한 현실이다. 우리나라는 영향력과 협상력이 있는 나라가 되려고 노력을 한다. 나는 정부의 입장을 잘 모르겠지만, 자발적으로 국제사회에서 약소국이 되려고 하는 주권국가는 없지 않을까? 영토 분쟁, 주권 정치 개입, 환경 규제, 무역 제재 조치나 협상 같은 여러 영역에서, 여러 나라들은 제각기 원하는 바가 있고 이를 얻기 위해 힘을 가지려고 한다. 인권 규범 이행 또한 한 나라의 국력이자 협상력이 된다. 당위를 말하기 전에 실리만 따져도 신경 쓸 만한 가치가 있다. 게다가 솔직히 인권 규범은 합격점이 꽤 낮아서, 조금 신경을 쓰면 상당히 좋은 점수를 받을 수 있는 과목이다.

그러나 한국은 또 한 번 인종차별로 점수를 왕창 까먹었다. 일단 6년 동안 개선하지 못한 점들이 있다. 여전히 우리나라에서는 인종차별이 범죄가 아니고, 가중처벌도 받지 않는다. 폭력적인 이주민 단속을 하지 말라고 그렇게 여러 번 권고를 받았는데, 2018년 8월 또 한 명의 이주 노동자가 법무부의 단속을 피하려다가 추락사했다. 그는 한국인들에게 장기를 기증하고 세상을 떠났다. 매매혼에 가까운 국제결혼에서 발생하는 인권침해 문제나 인신매매 방지법이나 차별 금지법이 없다는 문제는 인종차별 철폐 위원회 외에도 여러 UN 절차에서 하도 여러 번 지적을 받아, 이제 그 부분은 부동 문자로 보일 지경이다.

여기에 똑바로 해결하지 않은 다른 이슈들까지 더해졌다. 난무하는 인종차별 및 혐오 발언, 난민에 대한 대중의 막연한 공포와 이를 부추기는 언론 보도, 보편적 출생 등록 제도 부재 등, 우리나라가 국제사회에서 받아온 숙제는 또 늘었다. 경제력에 미치지 못하는 인권 의식과 수동적인 정부 정책 사이에서, 숙제와 감점은 쌓이기만 한다.

어느 양심의 갈라 쇼

어느 여름, 친구가 보낸 책을 받았다. 그가 직접 쓴 책이었다. 헌법재판소가 양심적 병역거부자 대체 복무제가 없는 현행 병역법에 헌법 불합치 결정을 한 날이었다. 면지에 친구의 인사가 적혀 있었다. '접견을 와주고, 어머니를 만나주고, 출소 때 만년필을 선물해줬던, 정소연 님께.'

그는 양심적 병역거부로 1년 반을 복역했었다. 평화주의자였다. 나는 평화운동이 뭔지 잘 몰랐다. 그저 친구가 군대 대신 감옥을 선택했다는 사실에 놀랐고, 입대를 한대도 늦어서 어떡하나 싶을 나이인 데다 가방끈도 긴 친구가 겪을 고생이 막연히 걱정스러웠고, 양심적 병역거부자와 친구라는 점이 신기했다. 그 신기한 기분이 자랑스럽고 죄스러웠다.

신념을 홀대하는 세상에서

감옥에 가기 전에 '갈라 쇼'를 한다고 했다. 그 갈라 쇼는 낯설었고, 이상했다. 너무 이상했기에 아직도 기억이 난다. 초대장은 익살스러웠고 사람들은 애써 흥겨웠고 이미 감옥에 다녀온 평화 활동가들이 덕담 비슷한 말을 한마디씩 했다. 다큐멘터리를 찍는다는 분들이 카메라를 들고 바삐 돌아다녔다. 나도 한마디했던 것 같기도 하다. 친구는 사람들 앞에서 내가 그때까지 본 중에 가장 많은 말을 했다. 자그마치 아홉 장 반에 달하는 병역거부 소견서를 읽은 것이다.

나는 그가 병역거부를 결정한 이유를 아주 진지하게 들었다. 그때는 감동했던 것 같기도 한데 솔직히 고백하자면 내용은 전혀 기억이 안 난다. 얼마 지나지 않아, 시민사회 활동가 친구가 병역거부자 친구를 위한 후원 계좌를 만들었다. 나는 월 5천 원을 냈다. 병역거부자 친구가 가석방으로 출소한 후, 그 계좌는 활동가 친구가 있는 야학 후원 계좌가 되었다.

양심적 병역거부자에 대한 징역형은 오랫동안 1년 6개월이었다. 그보다 짧은 징역형을 살면 출소 후 보충역으로 편입되다 보니 전과의 도돌이표를 막기 위해 정해진 기묘한 관행이다. 많은 사람들이 그렇게 감옥살이를 했다. 나에게 친구의 선고 공판은 내가 본 첫 재판이었고, 영등포 교도소는 내가 본 첫 교정 시설이었다. 친구는 내가 변호사가 되기 전까지, 내가 아는 유일한 실형 전과자였다. 나는 전과자 친구를 본 경험에 기대어 영등포 교도소를 배경으로 소설을 한 편 썼다.

국제 인권 활동을 시작하고 보니 대체 복무제 도입은 시간문제였다. 대체 복무제는 UN 자유권 규약에 명문의 근거가 있는 데다 멀게는 유럽 각국부터 가깝게는 대만까지 대부분 나라에서 이미 도입하고 있는 제도라 한국도 도입하라는 압력이 이미 굉장히 강했다. UN 자유권 위원회에는 한국의 대체 복무제 미비로 인한 사건이 넘쳐났다. 국내에서도 양심적 병역거부에 대한 1심 무죄판결이 증가하고 있었고 현 대통령의 공약 사항이었다. 헌법재판소가 아니라면 법 개정으로라도 언젠가는 도입되었을 것이다. 실리를 따져보아도, 신념을 이유로 감옥에 가겠다는 결정을 실행에 옮길 정도의 사람을 굳이 전과자로 만드는 것보다는 다른 일을 시키는 편이 낫다. 대체 복무제도가 있어도, 대체 복무자는 딱히 줄지도 늘지도 않고 일정한 편이다.

그러나 '시간문제'라는 말은 '시기상조'라는 말과 한없이 가깝고, '대체'라는 말은 '복무'라는 단어를 쉽게 가리고, '양심적'이라는 번역어는 수많은 사람들의 양심을 자극한다.

친구의 책은 헌법재판소 결정보다 몇 시간 먼저 도착했다. 나는 헌법재판소의 선고를 들은 다음, 친구에게 '어떻게 책이 딱 오늘 도착했더라'는 문자를 보냈다. 친구는 자기 색을 너무 열심히는 읽지 말라고 했다. 나는 그의 책을 열심히 읽었다. 마침내 수의(囚衣)를 벗은 신념을 응원하는 마음으로. 총포와 군복이 아닌 다른 모습의 용기를 응원하는 마음으로. 어떤 빚을 갚고, 다음 공격과 그럼에도 일어날 변화 앞에서 옷을 여미는 마음으로.

혐오라는 쉬운 길

2018년 10월, 제2회 '부산 퀴어 문화 축제'가 열렸다. 그해 같은 달, 광주에서 제1회 '광주 퀴어 문화 축제'가 열렸다. 코로나19 확산으로 작년에는 전국 8개 도시 가운데 3개가 개최를 포기하고 5개 도시에서 온라인으로 치러졌다.

'퀴어 문화 축제', '퀴어 퍼레이드' 혹은 '프라이드 퍼레이드'는 1969년 미국 뉴욕시 스톤월 항쟁을 기념하는 행사로 1970년에 미국에서 처음 시작되었고, 지금은 세계 곳곳에서 열리고 있다. 성소수자 정체성과 문화를 알리고 함께 즐기는 자리다. 퀴어 퍼레이드에 가면 성소수자를 상징하는 무지개를 활용한 물품이나 도서 전시와 판매 부스, 성소수자 관련 이벤트, 성소수자 인권 옹호 캠페인, 무지개 깃발 행진 등을 볼 수 있다.

그리고 퀴어 퍼레이드에는 소위 '동성애 반대자'들도 모인다. 물론 그들은 어디에나 있다. 서울역에도 있고, 지하철에도 있고, 대학 캠퍼스에도 있다. 그러나 한국에서 퀴어 퍼레이드의 규모가 커지고 서울 외 지역에서도 개최되기 시작하면서, 동성애 혐오자들 또한 모두의 눈에 더 잘 보이는 곳에 나오기 시작했다. 2018년 9월 인천에서 열린 '제1회 인천 퀴어 문화 축제'는 퀴어 퍼레이드 참가자들과 성소수자 혐오 세력 간의 충돌, 경찰의 부적절한 방관, 가짜 뉴스 전파로 난장판이 되었다. 부산에서도 큰 충돌은 없었지만 동성애자가 에이즈를 전파한다는 등 동성애 혐오를 기조로 하는 '레알 러브 시민 축제'가 근처에서 열렸다.

한국은 성소수자라는 개념이 충분히 이해되거나, 사회적으로 수용되거나, 제도적으로 반영된 나라가 아니다. 트랜스젠더와 크로스드레서가 혼동되고, 타고난 성별의 전형에 맞지 않는 태도나 습관이 '사내답지 못하다'거나 '여자애 같지 않다'며 공공연하게 폄하되고, 동성 결혼은커녕 UN 권고 사항인 '차별 금지법' 제정이나 성소수자에 한정되지 않는 '시민 동반자 제도' 논의도 제자리걸음이다. 제자리걸음이기만 해도 다행이다. 현실은 그만도 못하다. 성적 지향으로 인한 차별 금지를 적시한 지방자치단체의 인권 조례안이나 학생 인권 조례안이 일부 종교의 조직적 반대로 좌절되고, 동성애 반대 기도회가 열린다. 국가 인권 정책 기본 계획(NAP)에 성소수자 인권 항목이 아예 삭제되는 큰 후퇴가 있었는데도, 혐오 세력은 이에 만족하지 못하고 NAP에 '양성 평등'이 아니라 '성평등'이라는 표현이 사용되었으니 결국은 동성애 합법화 계획이라며 혈서와 삭발까지 동원하며 반대했었다. 혐오가 더 당당한 사회다.

이런 현실 때문에, 한국의 퀴어 퍼레이드는 성소수자 인권 문제를 가시화하는 사회운동적 의미가 크다. 축제라는 표현을 쓰고 애써 흥겨운 분위기를 내지만, 사실 우리에게는 딱히 축하할 일이 없다. 당신들이 아무리 보기 싫어하고 아무리 '반대' 해도 우리가 여기 존재하고 있는 현실이라도 직시하라는 비명을 계속 질러야 하는 한, 이 축제의 하루는 도저히 웃을 수 없는 순간들로 여백 없이 메워진다. 존재를 확인하기 위해 안간힘을 쓰는 것은 매우 고통스러운 일이다.

'동성애 OUT'이라는 손 피켓에서부터 '동성애에 반대하는 건 아니지만 좋아하지는 않는다' 같은 혐오 발언까지, 성소수자 혐오에는 수많은 단계의 행동과 언어가 촘촘하고 풍부하게 주어져 있다. 나는 저만큼 나쁜 사람은 아니라고 하기도 쉽고, 반대로 나는 이만큼이나 신실하고 올바른 사람이라고 하기도 쉽다. 가능한 행동의 범위가 넓다.

지금 한국에서는 성소수자 혐오가 더 쉽다. 어쩔 수 없이 살아 있는 것보다, 견딜 수 없어 소리 높여 외치는 것보다, 어떤

신념을 홀대하는 세상에서

식으로든 각오를 하고 축제의 거리에 서는 것보다, 무지개 배지를 달고 군중 사이를 오가는 것보다, 저 많고 많은 혐오의 어휘 중 하나를 고르는 것이 더 쉽다.

쉽다고 틀린 길이고 어렵다고 옳은 길이 아님은 당연하다. 그러나 성소수자 혐오는 틀린 길이다. 오늘 한국에서는, 틀린 데다 쉽기까지, 염치없게도 참으로 쉽기까지 한 길일 뿐이다.

톨게이트 위의 사람들

덥고 습한 날씨에, 경부고속도로 서울 톨게이트 캐노피에 사람들이 올라가 있다. 한국도로공사 직접 고용을 요구하는 톨게이트 수납원들이다.

전국을 잇는 고속도로가 건설되며 요금 수납 업무가 생겨났다. 수많은 수납원들이 채용되었다. 톨게이트라는 명확한 업무 장소가 있고, 요금 수납과 도로 정비라는 업무 내용, 도로공사라는 관리 감독 사용자, 교대제에 따른 업무 시간 등이 분명한 직장이었다.

수납원 업무가 비정규직이 된 것은 IMF 외환 위기 구조 조정부터다. 인력 축소와 비정규직 전환이 계속되었다. 지금은 모든 톨게이트 수납원이 용역업체와 계약한 비정규직이다. 임금의 정체(停滯), 초과 근로 수당 누락, 미수금 자비 충당, 성추행이나 갑질 같은 직장 내 괴롭힘 노출 등 비정규직의 문제는 한두 가지가 아니다. 이 모든 문제는 고속도로 위에서 요금 수납, 기기 관리 및 도로 정비, 기타 민원이나 사고 초기 대응을 맡은 수납원들에게도 적용되었다. 수납원들의 급여는 최저임금에 준해 간신히 올랐다. 하이패스 같은 새로운 기술이 도입되면 그만큼 관리와 민원 업무도 늘었지만 이는 폄하되었다. 톨게이트를 지나는 운전자들의 폭언이나 성추행, 사용자인 용역업체의 갑질이 적지 않았지만, 계약 해지 걱정에 문제 제기가 어려웠다.

2013년, 수납원 5백여 명이 한국도로공사를 대상으로 근로자 지위 확인 소송을 제기했고, 승소했다. 간단히 말해, 허울뿐인 용역업체가 아니라 고속도로를 관리하는 한국도로공사가 수납원들을 고용해야 한다는 뜻이었다. 수납원들은 2심에서도 승소했다. 이 사건이 대법원 판결을 기다리는 지금에 와서, 한국도로공사는 '한국도로공사서비스'라는 자회사를 설립한 다음, 수납원들에게 이 회사에 입사하라고 하기 시작했다.

한국도로공사서비스는 2019년 7월 1일에 허겁지겁 설립된 고속도로 통행료 수납 업무 전담 회사다. 한국도로공사는 이 새로 만든 자회사가 한국도로공사와 다름이 없다고 주장했지만, 1, 2심 패소 후 대법원 판결을 앞두고 공공기관 정규직화라는 명목만 살리려 허울뿐인 회사를 서둘러 설립했다는 의심이 있다. 1년 동안 심도 있는 협의를 했다고 하지만, 2013년부터 시작해 소송 기간만도 6년에 달한 미결 사안에 1년은 충분해 보이지 않는다.

이렇게 자회사 형태로 인력 관리를 분리하면 극단적으로는 하루아침에 회사를 없애 모든 수납원을 실직시키는 것도 가능하다. 그런 일이 없을 것이라고는 도저히 말할 수 없다. 이미 우리는 법적으로는 사법 농단까지 얽힌 KTX 승무원 사건이라는 공공 부문 대법원 판례를 경험했고, 현실에서는 해고 대신 간단히 폐업하는 2차, 3차 인력 관리 업체나 용역업체를 수없이 본다.

게다가 한국도로공사서비스는 아직 공공기관도 아니다. 대체 어떤 회사인지 분명치 않다. 이 자회사가 요금 수납만을 독점 수행한다는데, 그러면 수납원들이 요금 수납 외 1차적인 사고 대응이나 고속도로 현장 민원은 외면해도 될 것인가? 아무리 생각해봐도 업무가 그렇게 칼로 자르듯 나뉠 수 없다. 고속도로라는 공간의 특수성을 생각하면, 수납원 간접 고용으로 얻는 약간의 이익은 공공기관이 갖고, 이로 인해 증가한 위험은 고속도로를 달리는 시민의 몫이 되리라는 걱정도 있다.

고공 농성이나 파업은 대개 최후 수단이다. 도저히 양보할 수 없거나 백번을 생각해봐도 역시 부당하고 억울한 일이 소위 '강경 투쟁' 사건이 된다. 계약 해지 통지를 받은 수납원 중 약 1천5백 명이 자회사와 계약하지 않았다. 1천5백 명. 생계는 불안하고 정부는 거침없지만, 그래도 도저히 자회사와 계약할 수 없었던 1천5백 명의 수납원들, 소송을 6년이나 계속했고 심지어 이겼는데도 아직 법원 판결대로 '직접 고용'되지 못한 수납원들이, 톨게이트 위에 있다.

한 사람이 사라진 자리

새벽에 나는 장례식장에 있었다. 의뢰인의 장례식이다. 정확히는, 당사자의 유족이 의뢰인인 사건의 발인이 있었다. 상사의 괴롭힘을 더 이상 견딜 수 없다며 이역만리 선상에서 목을 맨 고인은 대체 복무 중이던 스물다섯 청년이었다. 소식을 듣고 변호사를 찾아온 의뢰인은, 하나뿐인 동생을 잃은 누나다.

변호사에게는 두 가지 부고가 있다. 하나는 일반적 부고다. 지인이나 친지, 동문회에서 오는 소식이다. 다른 하나는 사건이다. 한 사람의 삶이 끝난 후에 일어나는 일을 변호사로서 만나는 것이다.

법과 제도는 죽음을 예정하고 있어서, 한 사람이 사라진 자리에는 대강 그만한 크기의 서류와 절차의 자리가 있다. 제도는 놀라지 않는다. 법은 당황하지 않는다. 나는 놀라고 당황한 사람들에게, 한 사람이 사라지고 남은 자리를 침착하게 가리킨다. 마치 매일 그런 일이 일어난다는 듯이 행동한다.

내가 평생 알지 못할 이들이 나오는 CCTV, 사진, 비디오를 본다. 지금은 없는 사람들의 전화 통화를 듣고 주고받은 문자며 카카오톡을 보고 부검 보고서와 사진을 본다. 진료 기록을 읽고 출퇴근 카드를 한 장씩 엑셀 파일로 만든다. 가늠할 수 없는 깊고 깊은 슬픔이 넘실대는 사이에 혼자 허리에 튜브를 끼우고 어색하게 떠서 펜과 종이를 흔든다. 마치 전혀 놀라지 않은 것처럼, 조금도 당황하지 않은 것처럼, 그 칸이 절대 한 사람보다 더 크지 않은 것처럼 말한다.

"자, 하나씩 합시다. 카카오톡은 이렇게 중간을 자르지 말고 스크린 샷을 통째로 따 주세요. 날짜 나오게, 화면 그대로 주세요. 녹음이 45분이라고요? 중요한 부분이 어디인가요? 일단 들어보고 필요한 부분만 골라서 맡기죠. 통장은 못 찾으셨어도 괜찮아요. 은행 가셔서 입출금 내역 달라고 하면 돼요. 국민 신문고요? 선생님 그건 좀······."

그러나 죽음은 결코 당연하지 않다. 놀랍게도, 기막히게도, 제발 당연하기를, 차라리 이 모든 일이 그저 애당초 일어날 일이었기를 간절히 바랄 때조차도 결코 당연하지 않다. 한 사람이 사라진 자리에는 많은 것들이 들락거린다. 대개 한 인간의 무게보다 무겁고, 한 인간의 몸보다 물렁하고, 한 인간의 삶보다 깊다. 그것은 커지려면 끝없이 커질 수 있는 구멍이다. 그래서 나는 그렇지 않은 척한다. 누구 한 사람 정도는 그 칸을 딱 한 사람의 크기로 보지 않으면, 그 구멍은 모든 사람들을 삼켜버릴지 모른다.

빈소를 차리기는커녕 동생 얼굴도 아직 다시 보지 못한 사회 초년생 누나는 오전 11시, 아직 추운 봄날, 변호사 사무실에 앉아 이를 악물고 말했다.

"우리 동생한테 벌어진 일이 또다시 일어나지 않게 하고 싶습니다. 그래야 후회가 안 남을 것 같아요. 제도 개선을 위해 제가 무엇을 해야 하는지 알려주세요. 끝까지 할 겁니다."

눈에 고인 눈물이 떨어지기 직전, 전화벨이 울렸다.

"11층에 안 계신가요."

그의 휴대폰 너머에서 택배 기사의 목소리가 들렸다.

"아, 네. 지금 제가 외부에 있어서, 8층에 맡겨주세요. 감사합니다."

나는 폐기한 어떤 기록들, 유족이 찾아가지 않았고 나도 버리지 못한 유품, 아버지 없는 딸의 첫 돌잔치 같은 기억들을 잠시 떠올렸다. 그 모든 '당연한 척'의 사이사이에 아주 오랫동안, 나는 내가 몰랐던 사람들을 애도한다. 슬픔만으로는 문제를 해결할 수 없다. 없지만, 그래, 모두가 슬퍼하기만 해서는 아무것도 해결할 수 없지만.

나는 처음 맡았던 산재 사망 사건의 피해자보다 나이가 들었다는 사실을 문득 깨달았다. 아니, 지금 이 말은 거짓말이다. 나는 내가 그보다 나이를 더 먹은 당일, 알았다. 어떤 아기가 두 돌이 된 날, 사실은 달력을 보자마자 알았던 것처럼.

고양이가 없는 밤

내게는 고양이가 두 마리 있다. 첫째 고양이는 서울 가리봉동 출신이다. 노란 줄무늬 고양이, 치즈태비다. 길에서 태어나 장마철에 혼자 목 놓아 울다 구조되어 우리 집에 왔다. 둘째 고양이는 서울 연남동 출신으로, 흰색과 검은색 털이 섞인 턱시도다. 길고양이 엄마가 길에서 출산한 후 동네 캣맘의 집에 다짜고짜 눌러앉아 수유를 하는 바람에, 어려서부터 사람 손을 타 나에게 오기에 이르렀다(엄마 고양이는 캣맘의 보살핌을 받으며 잘 살고 있다).

나는 첫째 고양이를 키우기 전까지 동물과 살아본 적이 없었다. 동물과 살고 싶다는 욕구를 가진 적도 없었다. 일단 돌볼 자신이 없었다. 나는 나 자신의 일상도 제대로 살피지 못

하는 사람이다. 게다가 대부분의 반려동물은 사람보다 수명이 짧다. 의식과 지능이 있는 생명을 먼저 떠나보내는 것이 막연히 무서웠다.

고양이를 '입양'한 것은 남편 때문이었다. 남편은 대단한 고양이 마니아로, 고양이 사진집 십수 권과 오랫동안 아낀 고양이 인형, 고양이 그림 작품 등을 갖고 있었고, 고양이 동영상 시청이 취미였다. 시부모님이 싫어해 혼전에 고양이를 키우지 못했던 남편은 결혼으로 분가한 후 '고양이 세녀'를 시작했다. 딱히 호불호가 없던 나는 몇 년에 걸쳐 순조롭게 세녀되었고, 결국 고양이 입양에 동의했다. 동의한 정도가 아니라, 돌이켜보니 고양이와 살기로 한 다음에는 공적 절차는 내가 맡는 우리 집의 역할 분담에 따라 내 명의로 입양 계약서를 썼다. 이름도 내가 붙였다.

첫째 고양이와 산 지 5년이 지났다. 집고양이의 평균수명은 최대 15년 정도라고 한다. 첫째 고양이는 길에서 고생을 많이 한 탓인지 썩 건강하지 않다. 아무리 잘 돌보려고 노력해도 평균수명만큼 오래 살아줄 것 같지 않다. 여하튼 그래도 긍정적으로, 아직 3분의 2는 남았겠지 생각하고 있다.

고양이 두 마리와 살며 나는 많은 것을 배웠다. 다른 생물의 토사물과 분변을 아무렇지도 않게 치우게 되었다. 고양이뿐 아니라, 표범이나 사자 같은 고양잇과 동물들의 표정을 알아본다. 본래 영상물을 거의 보지 않았는데, 동물 다큐멘터리는 끝까지 본다. 다른 집 반려동물 사진을 보려고 SNS를 한다. 아파트에 살아 개를 키울 수 없지만, 보호소에 사는 대형견들의 대모가 되었다. 희한하게도, 사람 아기도 귀여워졌다. 새벽에도 놀아달라, 밥 달라, 화장실 치워달라고 큰 소리로 울부짖는 고양이를 키우다 보니, 사람 아기를 보아도 애틋하다. 긴 여행이나 출장을 꺼린다. 때때로 사람들의 옷에 붙은 동물 털을 알아보고 미소 짓는다. 자수가 취미였는데, 둘째 고양이가 실을 자꾸 따라다니는 바람에, 둘째 고양이가 잘 때만 수를 놓는다.

얼마 전, 한밤중이었다. 화장실을 다녀오다 거실 한쪽 캣 타워에 고양이가 앉아 있는 모습을 보았다. 첫째 고양이가 가끔 몸을 도르르 말고 자는 자리였다. "아유, 여기서 자고 있었어?" 하고 눈을 비비며 다가가 보니 아무도 없었다. 블라인드 사이로 들어온 가로등 불빛과 심한 근시, 잠기운에 잘못 본 것이었다.

고양이가 있는 줄 알았는데 없었던 자리에 서서, 문득 생각했다. 아, 언젠가는 이렇게, 없는 고양이를 집안 곳곳에서 발견하는 날이 오겠구나. 고양이를 보았다고 착각했다가, 그와 거의 동시에 어디를 찾아도 그 고양이는 이제 없다는 사실을 깨닫고 아무런 생기도 없는 가구를 가만히 바라보는 날들이 있겠구나. 아주 오랫동안, 아마 잠시 함께 산 기간보다 훨씬 오랫동안, 그런 날들을 수시로 만나겠구나. 그 착각은 언제나 이처럼 스산하겠지.

고양이는 제가 좋아하는 다른 자리에 곤히 잠들어 있었다. 나는 익숙한 거실에 서서, 자다 깬 눈으로 조금 울었다.

신념을 홀대하는 세상에서

법대로 답했던 날

대법원이 KTX 승무원들과 코레일 간의 근로계약 관계를 부정하는 판결을 선고한 날은 2015년 2월 26일이었다. 소위 KTX 여승무원 사건이다. 승무원들이 2년 내 정규직 전환 약속이 지켜지지 않자 파업을 시작한 것은 2006년, 15년 전이었다. 승무원들은 2011년 고등법원에서 승소했었다. 2심까지 승소한 후, 대법원에서 4년이 흘렀다. 그리고 2015년 2월 26일, 1, 2심을 번복한 대법원 판결이 나왔다.

2015년 3월 14일에 나는 쌍용자동차 평택공장 앞에서 열린 '314 희망행동'이라는 행사에 참가했었다. 법률 상담 부스를 차려놓고, 옆 부스의 간식을 사 먹고 노동법 책을 몇 권 팔았다. 동양시멘트 조합원들이 깃발을 들고 지나가다 들러 답답함을 호소했던 기억이 난다. 당시 동양시멘트는 하청업체 노동자들에게 정규직 임금의 44퍼센트밖에 주지 않다가 이에 항의해 노조를 결성한 백여 명의 노동자를 모두 해고했었다. 지방노동위원회가 부당해고 판정을 했지만 회사는 노동자들을 손해배상, 업무방해 등으로 고소하고 있었다. "지노위 결정이 났는데도 왜 해결이 안 되지요?" 그들이 떠난 후, 함께 있던 동료가 "아, 이거 오래 걸리겠는데⋯⋯" 하고 침통하게 고개를 저었던 기억이 난다. 실제로 이후 중앙노동위원회도 부당해고 판정을 했지만, 동양시멘트는 국가에 이행강제금을 12억 원이나 내면서도 해고자들을 복직시키지 않았다. 해고자들은 회사가 제기한 몇십 억 민사 손해배상 소송과 형사소송에 오래 시달렸다.

동양시멘트 노동조합 다음은 KTX 승무원 노동조합 분들이었다. 보름 전 대법원 판결의 충격이 채 가시지 않은 때였다. 대법원의 파기환송 판결에 재심을 청구할 방법은 없는지, 어떻게 이런 일이 있을 수 있는지, 앞으로 어떻게 해야 하는지, 지난 4년간 법원의 가처분 결정으로 받았던 급여를 회사가 한꺼번에 전부 돌려받겠다는데 어떻게 하면 좋을지 물었다. 파산을 할 수 있는지 물었다. 회생 절차로 천천히 갚을 수는 있는지 물었다. 가재도구에 빨간딱지가 붙을지 물었다. 딱지를 붙이러 오는 사람들이 폭력적이지는 않은지, 아이들이 놀라거나 동네에서 놀림을 받을 위험은 없는지 물었다.

나는 그 많은 질문들을 기억한다. 그리고 나의 답도 기억한다. "안타깝지만 안 돼요. 파산회생이요, 어려워요. 월급 받았던 거, 최종심에서 지면 돌려줘야 하는 게 맞아요. 전 재산이 전세금뿐이라도 돈이 있다면 결국 회사에 줘야 할 거예요. 네, 회사가 가압류할 수 있어요. 음, 파기환송심이요, 파기환송심에서 대법원 판결이 뒤집히기는 어렵죠. 대법원 판결인데…… 회사하고 합의해보실 수는 없나요. 하다못해 이자라도 어떻게. 네, 판결금 채무는 상속돼요. 상속 포기나 한정승인이요, 쉽지 않아요. 7월 파기환송심까지는 아직 시간이 있으니, 뭉쳐서 힘을 내세요."

배운 사람이 배운 대로 한 말이었다. 참 쉬운 말이었다. 그렇게 나는 법대로 말을 했다. 법대로 말을 한다고 착각했다. 수십 분 동안 사정없이, 지금에 와서 보면 다만 부당한 권력 앞에 무력한 것을 나의 지식이라 착각한 답을 했었다. 그리고 추운 날 한자리 채웠으니 내 몫은 했다 생각하며 서울로 돌아와, '오늘은 피곤하지만 보람찬 하루였지' 하고 생각하며 잘 잤었다. 나는 그렇게 남이었다. 나는 그렇게, 그저 변호사였다.

이틀 뒤, 한 KTX 승무원이 어린아이를 남기고 세상을 떠났다. 나는 법대로는 이렇고 저렇다던 내 말과, 특조단 조사조차

말로 참 쉽게 부인하는 권력과, 그에 떠밀려 사라진 목숨을,
참담한 마음으로 떠올린다.

신념을 홀대하는 세상에서

동일범죄 동일처벌

KBS 한국방송에 〈도전 골든벨〉이라는 프로그램이 있었다. 고등학교를 찾아가 학생들과 함께 진행하는 퀴즈 대회로, 출연자들이 화이트보드에 정답을 써서 들어올리고, 답을 맞춘 사람만 남는 방식이었다. 지금은 폐지된 이 프로그램에서 몇 년 전 한 학생의 답안 화이트보드 문구가 흐림 처리로 가려졌는데, 알고 보니 그 내용이 '동일범죄 동일처벌'이었다 하여 문제가 된 적이 있다.

'동일범죄 동일처벌'은 당시 주말마다 이어진 여성 인권 집회의 구호 중 하나였다. 특히 불법촬영(소위 '몰카') 범죄에 대해 가해자의 성별에 따라 수사와 처벌의 정도가 다르다는 불신이 확산되어 수만 명의 여성들이 처음에는 혜화에서, 이후에는 광화문에서 이 문제를 비롯하여 낙태죄, 꾸밈 노동, 성별 임금

격차 등 우리 사회의 성차별 이슈를 제기하고 개선을 요구하는 집회를 열던 때였다.

방송사는 정치적 이슈의 기재를 금지하는 프로그램 방침 때문이었다고 해명했다고 한다. 화이트보드에는 답안 외에는 가족과 친구들에게 전하는 응원 메시지 정도만 적는 것이 취지라는 말도 했다고 한다. 그러나 보도마다 해명이 오락가락하는 모습을 보아하니 당시 아무래도 명확한 기준이 없었던 것으로 보인다. 명확한 기준에 반하는 문구였다면 녹화할 때 당사자에게 지우거나 고쳐 써달라고 하면 되었을 일이다. 이 학생은 이 프로그램의 하이라이트라 할 수 있는 '최후의 1인' 도전자였으니 현장에 사람이 많아 제작진이 미처 못 보았다는 변명도 어렵다. 방송분에서야 흐림 처리를 하여 시청자들이 '대체 저 학생이 뭐라고 썼길래 가린 것인가'를 궁금해할 상황을 야기하고 문제가 되자 비로소 긴 변명을 늘어놓아 화제에 오를 필요가 없었다.

정치적 이슈라 가렸다 하면 더욱 문제적이다. 어떤 범죄를 성역 없이 공정히 수사하라는 요구는 정치적이다. 그런 믿음을 갖기 어려운 현실에 목소리를 내고 피켓을 드는 것은 정치적이다. 표현의 자유도 여성의 권리도 평등도 연령차별금지도 공정한 공권력 집행에 대한 요구도 모두 지극히 정치적인 것이다. 이 정치적인 것들에는 '인권'이라는 이름이 있다.

지금까지 방송사들은 담배나 흉기, PPL이 아닌 상표, 신체 절단 장면 등에 흐림 처리를 해왔다. 새삼스레 풀어 말하자면 인권은 인간의 권리라는 뜻인데, 인권에 관한 구호가 담배, 흉기, 광고비 안 받은 상표와 같은가? 사회의 일원이 기회가 주어졌을 때 자신의 생각을 밝히는 일이, 그 정도의 정치적 행위가 흡연이나 상해만큼 사회적으로 부적절한가? 군이 계속 가려야 할 정도로, 하면 안 되는 말이고 방송에 나가면 안 되는 생각인가?

언론에 실린 제작진의 주장대로 페미니즘이나 편파 수사 의혹이 사람들 간에 주장이 엇갈리는 이슈일 수는 있다. 어느 쪽이냐 하면, 인권의 역사는 애당초 대립과 투쟁의 역사고 그 과정에서 답을 찾아온 것이니 대립이 있다 하여 이상할 일이 아니다. 다만 첨예한 대립이 있다는 말이 대립의 양극이 동일한 윤리적 가치를 갖는 의견이라는 말은 아니다. 어떤 대립에는 정답이 있다. 더 옳은 쪽이 있다.

공영방송은 실제로 불법촬영 범죄에서 동일한 수준의 수사와 처벌이 이루어지고 있는지, 세간에 잘못된 정보나 편견이 전파되고 있지는 않은지, 특정 연령 및 성별이 사법부와 수사기관에 갖는 신뢰가 지나치게 낮은 것은 아닌지, 그렇다면 그 원인은 무엇인지 고민하고 올바르게 보도하여 널리 알릴 책임을 진다. 한 일반인 출연자의 자발적인 의사표시를 삭제하는 것은 공영방송의 책임이 아니라 공영방송의 부적절한 개입이다. 현장에서 적절한 대안을 찾지 않고 뒤늦게 흐림 처리를 하여 사회 일반에 어떤 정치적 문구나 입장이 그르다는 잘못된 신호를 보낸 것은, 공영방송의 명백한 과오다.

말의 길이와 힘의 크기

오늘은 상당히 불쾌한 일이 있었다. 예정한 일이 마감에 가까워 갑자기 바뀐 것이다. 당연히 있을 수 있는 일이다. 각자에게 다 나름의 사정도 있기 마련이다. 그 사정은 사실일 수도 있고 아닐 수도 있다. 오늘은 그 사정이 사실이 아닌 것 같아 불쾌했지만, 나의 오해일 수도 있다. 실체적 진실은 알 수 없고, 이미 궁금하지도 않다.

그리고 나는 아주 많은 사람들이 읽을 지면에 내가 불쾌했다는 말을 쓰고 있다. 아마 지금 이 글을 읽는 독자들 중 이 글을 읽기 전에 내 하루가 좋았는지 나빴는지 궁금했을 사람은 거의 없을 것이다. 그럼에도 나는 내 기분을 여기에 썼다. 나에게 이 자리에서 말할 목소리가 주어졌기 때문이다.

글은 목소리다. 목소리를 낼 수 있는 것은 권력이다. 더 많은 말을 할 수 있는 것은 더 큰 권력이다.

우리 사회에 불평등한 자원은 많이 있지만, 그중에서도 남에게 말을 할 수 있는 권력이야말로 으뜸이 아닌가 싶을 때가 있다. 남에게 말을 할 수 있는 기회, 남이 듣지 않을 수 없게 하는 힘. 이 힘은 대단히 불공평하게 분배되어 있다.

어떤 사람들은 온몸을 불사르거나 수백 일을 전광판이나 지붕 위에 올라가 있어도, 아스팔트 바닥에 오체투지를 해도, 만 명이 모여 피켓을 흔들어도 세상에 한두 마디밖에 전달하지 못한다. 반면 어떤 사람들에게는 말할 기회와 시간이 아주 많이 주어진다. 예를 들어 나는 이명박 전 대통령의 가훈이 '정직'이고 유리아쥬 립밤을 쓴다는 것을 알고 있다. 그에게는 이런 시시콜콜한 것까지 말할 힘이 있었다.

반면, 아무 말이나 할 수 없는 사람은 세상을 향해 할 말을 고르고 또 고르고, 그 말을 다시 줄이고 또 줄여야 한다. 자신의 말이 전달될 기회가 적고, 주어진 시간이 짧고, 듣는 사람이 적기 때문이다. 그러니 목소리의 권력이 작은 사람은 말을 자꾸 줄인다. 최대한 압축한 말은 구호가 된다.

구호는 짧고 분명하니 잘 전달될까? 그렇지 않다. 애당초 목소리의 권력이 작아 말을 줄여야 했기 때문에, 구호는 종종 맥락이 없고 과격해 보인다. "지금까지 수사기관은 불법촬영 사건 피의자들을 불구속 수사하는 경우가 많았다. 그러나 여성 피의자는 신속히 구속 기소된 것을 보면 수사기관이 성별에 따라 달리 판단하고 있다는 의심이 든다. 또한 불법촬영물을 신고해도 가해자가 기소되거나 처벌받는 비율이 낮고, 수사 과정에서 피해자는 큰 고통을 받고 있는데 수사관이 무심하고 소극적인 경우가 많아 사법절차를 불신하게 된 사람들이 많다. 여기 각 범죄의 기소율 통계, 양형자료, 경험자들의 진술, 설문조사 결과가 있다"는 말을 하고 싶은데 이 말을 다 할 힘이 없으면 "동일범죄 동일처벌", "불법촬영 엄벌"까지 말하고 밀려난다. 그나마도 구호를 만들 만큼 노련한 경우에나 가능하다. 말을 잘 압축하지 못하면 "집 밖에서 화장실도 못 가고"까지 말하고 사회적 발언권을 잃는다. 그러면 이 짧고 작은 말에 트집을 잡기는 아주 쉽다. 줄인 만큼 허점이 있기 때문이다.

"양형기준과 불구속수사 원칙은 아시나요? 수사기관은 원칙에 따라 업무를 수행하지요. 어느 한쪽 편만 들거나 개인의 지나친 피해 의식을 다 받아줄 수는 없어요. 수사관들이 일부러 듣기 싫은 말을 하는 게 아니에요. 안 되는 걸 다 된다고 할 수는 없지 않겠어요? 그리고 화장실도 수시로 점검하고 있어요. 그건 문고리를 고쳐 단 구멍이고 저건 휴지걸이 달았던 구멍이고요. 어휴, 너무 민감하시네요."

보통 구호의 반대편에는 이렇게 길고 완전하고 세련된 말이 있다. 더 큰 권력이 있다. 그렇다. 이것은 더 논리적인 말이 아니라 더 큰 권력이다.

큰 목소리와 길고 유려한 글이 '정소연이 오늘 기분이 좀 나빴다더라' 같은 아무래도 좋은 얘기이고, 짧고 과격하고 무리해 보이는 구호가, 힘이 없는 이들이 아주 중요한 말을 필사적으로 줄여 내보내는 신호일 수 있다는 점을, 명심하자.

신념을 홀대하는 세상에서

국회를 선진화하라

　지난 며칠 국회는 십수 년 만에 난장판이었다. 자유한국당의 주도하에, 국회는 토론의 장이 아니라 난동의 장이 되었다. 생각해보니 국회의원들이 서로 욕설을 하거나 기물을 파손하지 않고 정상적인 제도권 정치를 하기 시작한 것은 그리 오래된 일이 아니다. 내가 어릴 때만 해도 정치 뉴스에는 물리적 충돌 장면이 많았다. 국회 내에서 몸싸움을 하거나 국회의원들이 서로 욕설을 하는 광경을 자주 보았다. 더 거슬러 가 기억을 더듬어보니, 뉴스에는 대통령만 만날 나오고 국회의원들은 잘 보이지도 않았던 것 같다.

　수십 년 동안 수많은 국민들이 연대하고 헌신하고 행동한 끝에, 우리는 비로소 지금의 민주주의를 이루었다. 평등, 비밀, 자유선거를 한다. 개표 방송은 예능 프로그램처럼 흥미진진하게 꾸며지고 그 결과가 신속히 공개된다. 정치인들은 선거에서 패배했다고 목숨을 위협받지 않고, 선거에서 승리했다고 아무 결정이나 하지 못한다. 국회방송(NATV)가 모든 의사과정을 방송하고 국회 홈페이지에서 의사결정 과정을 누구나 확인할 수 있다. 국회에서는 날마다 많은 공청회와 토론회가 열린다.

물리적 저항 외에 방법이 없었던 시절이 있었다. 정권이 계엄령을 선포하고 국회의원들의 통근 버스를 크레인 차로 끌어가서 의사 진행을 막은 날이 있었다. 국회의원들이 서로 옷을 붙잡고 밟히지 않으려고 애써야 했던 날이 있었다. 이렇게 해도 저렇게 해도 민주주의가 자꾸 싹을 틔우자, 국민들이 뽑은 국회의원들의 결정권이 어떻게 선거를 해도 독재자의 결정권을 넘을 수 없도록 개헌을 해버리기도 했다.

우리는 그 모든 시도와 좌절과 도전에 기대어 마침내 국회에서의 난동을 거의 보지 않아도 되는 시대에 이르렀다. 국회의원들이 총회에 불참하거나, 정당 대표자들끼리 회담이나 대화를 하거나, 원내에서 장시간의 필리버스터를 하거나, 릴레이 단식을 하는 것 같은, 어떻게든 물리적인 의사방해가 아닌 방법으로 민의를 모으고 결정을 하는 문화를 만들었다.

국회 선진화법은 단지 날치기나 몸싸움이 '후진적'이기 때문에 있는 것이 아니다. 날치기나 몸싸움이 비민주적이기 때문에 있는 것이다. 그런 방법 없이도 의사결성이 가능한 실질적 민주주의의 실현을 신뢰하고, 민주주의 국가를 구축하고 수호하기 위해 있는 것이다. 국회 선진화법은 도입 당시에는 아직 도달하지 못했었지만 지금의 우리는 마침내 이루어낸 성취다. 국회 기물을 파손하거나 서로를 밀치거나 문 앞을 가로막고 행패를 부리지 않고도 민주적 결정에 이를 수 있으리라는, 성숙한 민주주의의 약속이고 선언이다.

자유한국당은 '독재 타도'니 '헌법 수호'니 하는 문구를 들고 국회를 점거했다. 독재 타도라니 우습지도 않다. 우리나라는 독재를 경험했다. '독재 타도'는 정말로 무거운, 그 네 글자마다 열사들의 피와 수많은 국민들의 상처가 묻어 있는 구호다. 우리나라의 민주주의는 피 웅덩이에 발을 딛고 서 있다. 멀리 갈 것 없이 몇 년 전에도, 우리는 독재국가로 역진(逆進)할지 모른다는 우려에 추운 겨울 내내 촛불을 들어야 했다.

헌법 수호는 국회의원의 의무다. 우리나라는 헌법이 지켜지지 않는 시대를 경험했다. 현행 헌법은 국민이 뽑은 대표자인 국회의원들에게 많은 권한을 부여하고 국회를 적극적으로 보호한다. 이는 국회의원 개인이 중요한 사람이기 때문이 아니다. 국회의원을 지지한 국민이, 바로 우리들이 중요한 사람들이기 때문이다. 그리고 국민은 국회의원들에게 비폭력적인 의

사 진행을 위해 노력할 의무를 부여했다. 헌법 수호는 헌법이 규정한 삼권분립과 법치주의와 민주공화국의 정신을 수호하라는 뜻이다.

독재를 타도하고 헌법을 수호한 나라의 국민으로서 말한다. 당신들은, 국회의원들은, 오로지 우리가 중요하기 때문에 중요하다.

조각난 가을

법정 앞 스크린을 봤다. 내 사건 앞으로 소위 '나홀로 소송'
이 많다. 당사자들이 출석하는 사건은 변호사가 있는 사건보
다 시간이 많이 걸린다. 분위기와 사건 수로 대충 가늠해보니
적어도 30분은 기다려야 할 것 같다.

변호사는 대기 시간이 긴 직업이다. 제각기 자기 사건을 기
다리며 시간을 보내는 요령들이 있는 것 같다. 보통은 사건 기
록을 다시 본다. 다른 사건 기록을 가져와보는 경우도 있다.
명상집이나 종교 서적을 들고 있는 변호사님도 몇 번 본 적이
있다.

나는 대기 시간이 길어지겠다 싶으면 바둑 문제를 푼다. 법
정에서 대기하는 시간만큼 기력(棋力)이 느는 것 같다. 법정에
들어가 보니 오늘은 딱 실력 향상의 날이다. 대리인이 없는 당

사자들이 많고, 재판장님은 친절하시다. 이러면 사건이 많이 밀린다. 주섬주섬 사활(死活) 문제집을 꺼내는데, '바삭' 소리가 났다.

올가을은 아주 아름다웠다. 가는 곳마다 단풍이 다채롭고 화려했고, 하늘도 청명해 이리저리 다니는 재미가 났다. 조경이 잘 되어 있고 나무가 오래 자란 법원올 간 날에는 법원과 검찰청 주위를 일없이 한 바퀴 돌기도 했다. 외근이 많은 직업의 피로를 꽤 잊을 수 있었다.

단풍이 한창이던 어느 날, 지방 재판을 간 법원에서 단풍 색이 참 예쁘다 하며 작정하고 몇 잎을 색깔과 모양별로 골라 문제집 사이에 끼워 놓았었다. 문제집 말고는 달리 당장 단풍잎을 끼워 말릴 데가 없었다. 그런데 그러고 깜박 잊어버렸다. 이리저리 다니며 사활 책을 꺼냈다 넣었다 하던 중에 책등을 위로 하여 가방에 넣었던 모양이다. 그다지 두껍지 않은 데다 여러 번 접었다 폈다 한 책이라, 책장이 바닥 쪽으로 벌어지며 마른 단풍잎이 가방 바닥으로 떨어졌던 것 같다. 뒤늦게 가방을 들여다보니, 가방 바닥에 빨갛고 노란 조각들이 흩어져 있다.

법정은 조용한 공간이다. 나는 당사자석에 선 사람들이 언성을 높인 틈을 타 가방을 들어 올려 바닥을 주섬주섬 손으로 훑었다. 손끝으로 이미 새끼손톱만 한 크기로 바스러진 단풍잎들이 느껴진다. 사활 책을 펴 보니 책장 사이에는 노란 단풍잎의 줄기만 폐가의 철근처럼 볼품없이 남아 있다. 줄기도 다 부스러져 차라리 안 본 편이 나았겠다 싶은 처참한 꼴이었다. 붉은 단풍잎은 손가락이 두 개 날아갔다. 괜히 가슴이 아팠다. 이럴 거면 왜 굳이 주웠을까. 단풍잎을 주운 날, 두껍고 무거운 책으로 제때 옮겨놓을 걸.

돌이켜보니 그 생각을 안 했던 게 아니다. 두어 번 생각이 났었다. 단풍을 주운 날에도 사무실에 돌아가면 옮겨 놓아야지 했었고, 그다음 언젠가 법정에서 사활 문제를 푼 날에도, 단풍잎을 보고는 이거 어디 다른 데로 옮기지 않으면 잃어버리겠다는 생각을 잠깐 했었다. 그저 일과 일 사이를 허겁지겁 달리다가, 말린 단풍잎을 제대로 보관해야겠다는 생각도 다른 많은, 아름답지만 다급하지 않은 일들과 함께 길에 흘렸던 것이다. 그리고 결국 이 꼴이었다. 나는 가방 바닥에 남은 단풍잎 조각을 덧없이 그러모았다. 단풍이 아니라 가방 바닥에 생긴 얼룩 같았다. 얇고 작은 조각이니 바닥에서 잘 떨어지지도 않았다. 더 늦기 전에 잘 떼어내 닦지 않으면 정말 얼룩이 되어버리겠지.

나는 단풍잎 조각을 모아 붙여보겠다는 덧없는 기대를 버리고, 가방을 조용히 내려놓았다. 멀쩡하던 단풍잎을 내가 죽인 것 같은 기분이었다. 사활 문제를 풀 기분도 들지 않았다. 나는 책장에 애매하게 말라붙은 잎줄기며 조금 큰 조각들을 가만히 바라보다가, 책목 쪽으로 단단히 밀어 넣고 사활 책을 덮었다. 남은 잎은 다음에 버리든가 옮기든가 하자. 다음에. 어쩌면 올겨울에, 어쩌면 가방 바닥에 얼룩이 생긴 다음에, 어쩌면 내년 가을에.

신념을 홀대하는 세상에서

상냥함을 착취하는 세상에게

며칠 전 출장을 다녀왔다. 장기 비행이었는데, 주최 측에서 국적기 항공권을 발행했다. 국적기는 대체로 편하지만, 딱 하나 몹시 불편한 점이 있다. 바로 과잉 친절이다. '아니, 뭐 이렇게까지' 싶을 만큼 상냥하다.

누군가 원하는 사람이 있으니 이런저런 매뉴얼이 있어 그리되는 것이겠지만, 열 몇 시간 동안 한결같이 웃는 얼굴을 마주하는 일이나 귀국 며칠 후 체크인 담당사의 손 편지를 받는 일에는 도무지 익숙해지지가 않는다. 버리자니 미안하고 쓴 사람의 고생을 생각하면 착잡하다. 누가 생각한 서비스인지 도무지 모르겠다.

비행기만이 아니다. 어떤 서비스들은 지나치게 친절하다. 핵심 업무에 필요한 것 이상으로 친절하다. 달리 말하면 노동강도가 불필요하게 높다. 안전하고 편리한 교통수단을 샀는데, 그림으로 그린 듯이 웃으며 사근사근하게 대하는 여성까지 함께 제공하려 드는 사업장들이 있다. 보통 여성 비율이 높은 서비스 산업 노동들이다.

설상가상으로, 판 깔아주니 설치는 것인지 과잉 친절이 있는 곳에는 늘 과잉 무례도 있다. 이번에도 그랬다. 너무나 많은, 정말 너무나 많은 승객들이 승무원에게 반말을 했다. 노동자는 아주 길고 조곤조곤하게 말하고, 소비자는 문장을 제대로 끝맺는 성의조차 보이지 않고 단어만 툭 내뱉는 대화가 계속 들린다. 일방적이고 무례하다. 경험적 편견을 보태자면, 대부분의 성인 중년 남성들은 자기보다 젊어 보이는 여성 노동자에게 완전한 청유형 문장을 쓸 줄 모르는 것 같다.

주요 업무에 더해 친절함, 미소, '좋은' 서비스가 있는 것 자체는 나쁘지 않을지도 모른다. 원론적으로 말하면 불친절한 것보다야 친절한 것이 낫다. 그러나 친절도 서비스라면, 친절이라는 서비스가 동등한 사람 사이의 계약이라는 규칙이 분명하고 가시적이었으면 한다.

일단, 친절이라는 추가적인 노동에 확실한 대가가 지급되었으면 한다. 호텔이나 항공기에서 받는 손 편지를 쓰는 시간과 노력이 업무 시간에 포함되어 있을까? 대체 이건 언제 쓰는 걸까? 나는 호텔에서 3박을 하며 3박 내내 체크인 카운터부터 객실 담당자까지, 나와 만난 모든 서비스 노동자들의 손 편지를 받은 적도 있다. 숙박객이 나 한 사람이 아닌데, 호텔리어의 일과는 모르지만 휴게 시간이나 퇴근 후에 계속 써야 다 쓸 수 있는 분량일 것 같아 마음이 편치 않았다. 애당초 필요한 일인지도 상당히 의문인데, 노동자에게 충분한 업무 시간과 급여가 주어지는 것 같지도 않으니 편할 리 없다.

또한 서비스의 한계가 명확했으면 한다. 이는 노동자가 아니라 소비자가 사회의 일원으로서 함께 애쓸 점이고, 기업이 고용한 노동자를 보호해야 하는 영역이기도 하다. 반말, 그놈의 반말부터 일단 어떻게 좀 했으면 좋겠다. 내가 돈을 냈기 때문에 만난 사람이라고 해서 반말을 하면 안 된다. 웃는 낯으로 나를 대하는 사람이라고 얼씨구나 하고 부적절한 농담을 해서도 안 된다. 나에게 대여섯 시간 서비스를 제공하는 노동자와 나는 농담 따먹기를 할 만큼 친한 사이가 결코 아니다. 서비스 노동자에게 추근거려서도 안 된다. 큰일이 아닌데 고함을 질러도 안 된다. 이런 부적절한 일은 결국 기업이 묵인하기 때문에 계속 발생한다. 노동자가 어떤 행동에는 참지 않아도 되고, 친절하지 않아도 된다는 보호 기준이 있어야 한다. 서비스의 한계를 정한 매뉴얼이 필요하다. 존중이라는 사회적 규칙이 사근사근함보다 명확히 우선해야 한다. 이것은 다른 소비자들을 위해서도 필요한 정리다.

이 모든 것 없는 '한국의 서비스는 친절해'는 착취일 뿐이다. 편하지 않을 뿐 아니라 편하게 느껴질까 봐 두렵기까지 한 경험이다. 어쩔 수 없이 소비를 하면서, 착취에 발을 들이게 된다.

경사노위와 사회적 대화

2018년 11월 출범한 경제사회노동위원회(경사노위)가 결국 파행에 이르렀다. 경사노위는 크게 두 가지 과제가 있는 조직이었다.

첫째는 사회적 대화의 경험과 발전이다. 사회적 대화는 관련 있는 당사자들이 두루 참여하여 충분한 발언과 숙의를 거쳐 결론에 이르는 의사결정을 말한다. 사회적 대화라고 하니 막연한 일상어 같은 착시가 있지만, 사실 이는 그저 잘 얘기해 보라는 것이 아니라 특정한 의사결정 방식이다. 국제노동기구의 협약이나 권고, UN 권고, FTA와 같은 외교 통상 문서에까지 널리 사용되고 있는 개념이다.

둘째는 노동 현안에 대한 합의다. 경사노위는 출범할 때부터 탄력 근로제에 관한 합의를 도출하고자 한다고 천명했다.

그 외에도 노동관계법 개정 및 정비, 여성이나 연령차별 등 여러 당사자가 애써 참가하는 만큼 다룰 수 있고 다루어야 하는 주제가 많았다.

지금 경사노위는 의사결정을 할 수 없다. 성원이 안 된다. 처음부터 불참을 결정했던 민주노총에 이어, 여성, 청소년, 비정규직 대표들도 불참을 선언했기 때문에, 근로자 대표 중 2분의 1 이상이 출석해야 한다는 의결정족수를 충족하지 못하게 되었다.

합의에 노동자 대표들이 어깃장을 놓고 있다고 비판하기는 쉽다. 실제로 그런 비판이 있기도 하다. 깽판만 놓으면 다냐는 원색적인 비난부터, 이번에는 정부가 의지가 있고 뭔가 될 수도 있는데 노동자들이 강성 대응하고 있다는 쉬운 평까지 다양하다. 기본적으로는 왜 굳이 불참하느냐는 것이다.

그러나 이러한 비판은 경사노위의 과제에 비추어 정당하지 않다. 지금 경사노위는, 그 파행까지 포함하여, 우리 사회가 사회적 대화라는 새로운 의사결정 과정을 경험하는 과정이다. 사회적 대화의 유일한 목표는 합의문이 아니다. 합의하여 참여한 당사자들 간의 이견을 좁히고 좋은 결론을 내는 것이 목표이긴 할 것이다. 그렇지만 이견이 잘 좁혀지지 않는 과정을 서둘러 봉합하지 않는 것 또한 목표다. 그것이 기계적 다수결이나 관료제가 아니라 사회적 대화라는 의사결정 과정의 차이이기도 하다.

사회적 대화는 우리에게 익숙한 방식이 아니다. 토론을 하자고 일단 모여 앉았다가도, 편을 나누어 토론을 한 다음에는 목소리가 큰 사람을 따르든, 권력이 더 큰 사람을 따르든, 기계적인 다수결을 하든 결론을 내려야 한다는 강박을 느끼는 일이 많다. 결론이라는 성과가 없으면 안 된다는 압박에 쫓기고, 다들 바쁜 사람들이라는 시간에 쫓기고, '토론'을 파투 내면 안 된다는 적대적인 사회 분위기에 쫓긴다. 이 너무 급한 사냥 중에 먼저 잡히고 주저앉는 쪽은 당연히 더 약하고 더 아쉬운 구성원들이다. 노동 이슈에서 이는 대체로 노동자 측이었다. 역사적 경험 때문에 약자들이 갖는 공적 절차에 대한 신뢰가 낮은 것은 노동자 대표들의 문제가 아니다.

경사노위는 이 모든 장애물들을 확인하는 과정이기도 하다. 애당초 합의할 사항이 아닌 것까지 사회적 대화의 '주제'로 선정한 것은 아닌지, 정해진 답을 위한 거수기 노릇을 한다고 느끼는 참가자가 있지는 않았는지, 있다면 왜 그렇게 생각하게 되었는지, 은근히 어떤 방향의 정답이 있지는 않았는지 고민해야 한다. 18명 경사노위 위원 중 일부가 불참으로 의결정족수를 무산시키기로 결정한 결과 자체는 아직 실패가 아니다.

이것은 사회적 대화 시도에 따른 어떤 중간 단계다. 사회적 대화를 추상적인 개념이 아니라 현실 제도로서의 의사결정에 녹여내는 과정에서 발생한 진통이다.

우리는 아마 이 진통을 앞으로도 여러 번 겪어야 할 것이다. 익숙하지 않더라도, 대화의 장을 섣불리 닫지 않고 기다리고, 공정한 대화의 장을 만들려는 시도도 여러 번 해야 할 것이다. 대화의 중단조차도, 그 과정으로 인식해야 한다.

신념을 홀대하는 세상에서

쾌유를 촉구합니다

　독감과 간염이 동시에 유행하며 병원이 붐비던 때였다. 나도 유행에 몸을 실었다.

　경험적으로, 한국의 노동자에게 허락된 '아플 수 있는 기간'은 사흘이다. 어떤 병이든 사흘 안에 나아야 한다. 첫날에는 쾌유를 기원하는 말을 들을 수 있다. 둘째 날에는 요즈음 이런저런 질병이 유행이라거나 건강이 최고라는 스몰토크를 한다. 셋째 날은 아직도 아프냐는 말이 나온다. 넷째 날까지 아프면, 대단히 곤란해진다.

　사흘이 지나도 병이 낫지 않았다. 나는 곤란해졌다. 무슨 수를 써서라도 나아야 했다. 그러나 병원에 가도, 증상에 대한 처방을 받는 것 외에 뾰족한 수는 없다. 푹 쉬고 잘 먹고 잘 자야 낫는다. 세 가지 다 어려우니 마스크를 쓰고 가습기를 틀고 목에 손수건을 감았다. 한여름 무더위 속에 털신을 신고 따뜻한 물을 계속 마시고 배에 발열 패드를 붙였다. 지방 출장을 가는 날에는 처방받은 약에 더해 지사제 등 있을 수 있는 모든 가능성을 준비했다.

업무 시간을 쪼갰다. 평범하게 10시간을 일하는 대신, 2시간 일하고 30분 쉬고 2시간 일하고 2시간 드러누워 있다가, 목소리가 나오면 일어나 다시 3시간을 일하는 식이었다. 그나마 변호사는 일종의 자영업자라 가능한 방식이었는데, 치유에는 도움이 되지 않았지만 사흘 내 완치된 시늉은 할 수 있었다.

병가나 휴가를 연속으로 사흘 이상 쓸 수 있는 일터는 많지 않다. 많은 노동자들은 출근을 할 수 없을 정도로 아프면 금요일이나 월요일에 주말을 끼워 사흘을 확보해 앓아눕는다. 건강을 이유로 주중에 업무를 사흘이나 쉬는 것은, '만병 사흘 내 완치'라는 우리 사회의 암묵적 규칙에 대한 반동이다.

거래처에 연락을 했는데 담당자가 아프다고 사흘 이상 연락이 되지 않거나, 업무 파트너가 일주일 병가를 냈으니 그 뒤에 일을 처리하겠다는 말을 듣는 일은 드물다. 거의 항상, "아, 오늘은 안 계신데 내일은 출근하실 거예요"라는 말을 듣고, 대부분의 사람들이 실제로 어떻게든 사흘 내에 업무에 복귀한다. 안 되면 누군가가 일을 나누어 맡는데, 그 과정이 매끄럽게 진행되기는 어렵다. 모든 사람들이 건강한 사람의 최대치로 이미 자신의 일을 하고 있기 때문이다. 업무 특성상 일을 분담하기 어려운 사람은 더욱 처지가 좋지 않다. 애당초 아프지 말아야 한다.

사흘 내 완치 규칙을 어긴 노동자는 어떻게든 대가를 치른다. 그 대가는 좋은 관계일 때는 감사와 사과 인사나 커피 한 잔 정도다. 그러나 직장 내 관계나 근무 환경이 썩 좋지 못하면, 병은 직장 내 괴롭힘이나 따돌림, 심지어 실직의 단초가 된다. 업무 중에 교통사고를 당했는데도, 오른손 골절이라 곧장 권고사직 압박을 받은 분과 상담을 한 적이 있다. 교통사고 같은 직관적인 사건이 아니라도 이런 일은 비일비재하다. 업무상 스트레스가 병의 원인이었는데도 아프다고 오히려 업무에서도 밀려나거나 심지어 징계를 당했다는 내담자가 드물지 않다. 사람은 기계가 아니니 아플 수 있다. 만병이 사흘 내 완치될 수 없는데도, 노동 현장에는 이에 대한 대비가 별로 없다. 모든 사람들이 여유분 없이 일하고 있다. 구조적 대비가 없으니, 개인이 개인을 탓하고 응징하기 쉬운 환경이 된다.

사실 나 또한 제때(!) 완쾌하지 못했다. 그러나 주변에서는 모두 당연히 내가 다 나았으리라고 생각했다. 사흘이 지나도 한참 지났으니까! 나는 내 몸이 사흘 내 완치 규칙 위반 중이라는 사실을 숨겼다. 들키기 무서우니까! 월초에 잠깐 밀렸던 일은 다 처리했다. 주말에도 일을 했으니까! 제대로 낫지 못한 것 또한 당연하다. 충분히 쉬지 못했으니까! 나는 어쩌다 아파버린 내 평범한 몸뚱이를 향해, 오늘도 쾌유를 촉구한다.

신념을 홀대하는 세상에서

우체국 파업을 지지하며

 우체국 노동조합이 파업을 예고했다. 한국노총 소속인 전국 우정노조와 민주노총 소속인 전국우편지부(비정규직 노조) 둘 다 파업 참가를 선언했다. 90퍼센트 이상의 조합원들이 파업 에 찬성했다고 한다.

 2018년 한 해 집배원 25명이 숨졌다. 2019년이 딱 반이 지 난 시점엔, 이미 과로나 사고로 사망한 집배원이 아홉 명이었 다. 집배원 산재율이 소방관 산재율의 1.5배에 달한다. 정상적 인 수치가 아니다.

 집배원 한 사람의 평균 1일 배달 물량은 약 9백 통이다. 시 간으로 나누어보면 택배며 우편물을 하늘에서 뿌려야 하나 싶 을 만큼 많은 양이다. 파업이 가시화되자, 우정사업본부는 집 배원의 연 근로시간이 2015년 2,488시간에서 2018년 2,403시간으로 3.4퍼센트나 줄어들었다고 했다. 업무 부담이 줄어들고 있는데 집배원들이 무리한 파업을 한다는 주장을 하고 싶었던 것 같다. 그렇지만 3.4퍼센트! 연 85시간! 월 7시간! 주 1시간 30분! 사측 계산인데도 이 모양이다.

온라인 쇼핑이 활성화되며 택배 물량은 계속 늘었다. 일반 우편을 사용하는 사람은 줄었지만 물품 하나하나는 부피도 무게도 커졌을 터다. 당장 우리가 날마다 받는 우편물만 보아도, 우체국 집배원들의 노동강도가 얼마나 높을지 짐작하기란 어렵지 않다. 집배원 과로 문제는 노동계만의 주장도 아니다. 노·사·정이 공동으로 구성한 '집배원 노동조건 개선 기획 추진단'도 집배원을 적어도 2천 명은 증원해야 한다는 결과를 내놓았다. 2018년 10월의 일이다. 기획 추진단의 개선안 발표 이후로도 집배원 10명이 더 세상을 떠났지만, 집배원은 2천 명은커녕 2백 명도 증원되지 않았다. 집배원 과로사와 파업이 쟁점으로 떠오르자 행정안전부는 조직진단을 우선한 다음, 필요하면 정부 예산을 늘리겠다고 한다. 조직진단도 필요하고 예산편성도 필요하다. 올바른 절차와 정확한 분석은 당연한 절차다. 그렇지만 어째서 이렇게 느린가? 이 일만은, 파행인 국회 탓을 하기도 어렵다. 집배원의 과로와 열악한 노동조건은 새삼스러운 이슈가 아니다. 명절마다, 연말연초마다, 하나하나의 죽음이 다 보도되지도 못할 만큼 계속해서 나온 말이다.

우정사업본부는 증원이 어려운 이유 중 하나로 적자재정을 들었다. 우정사업본부는 사기업이 아니다. 과학기술정보통신부 산하 국가기관이다. 국가기관이, 한 해 수십 명의 소속 근로자가, 국민이, 나랏일을 하다 사망하는 현실을 개선하지 못하는 이유가 '적자'라니 기가 막힌다. 이것은 국가가 해도 되는 변명이 아니다.

심지어 실제 이 적자가 진짜 적자인지조차 분명치 않다. 우정 행정은 특별회계로 편성되어 있어 정부로부터 인건비를 받지 못한다. 보통 공무원 인건비는 정부 일반회계에서 인건비가 지출되지만, 집배원 인건비는 단순화하자면 오로지 배달료에서 나온다. 사람 손발이 절대적으로 필요한 분야인데, 나라가 그 사람 손발 값을 주지 않으니 적자가 날 수밖에 없다.

우편 업무는 핵심적인 공공 분야이다. 그렇게 적자가 문제라면 일반회계로 전환하는 방안을 검토할 만하다. 아니면 최소한 우체국 보험이나 예금 같은 우체국 내의 특별회계와 우편 사업 특별회계 간 전출·전입만 해도 집배원 수를 증원할 인건비가 넉넉히 나온다. 2017년 우정사업 전체(우편, 보험, 금융)는 5천억 원 흑자였다. 집배원 1천 명을 증원하는데 필요한 돈은 약 430억 원으로 그 10분의 1이다. 그런데도 기어코 그 돈이 없다고, 집배원을 늘릴 수 없다고 한다. 국무총리는 우체국 파업 자제를 요청했다. 파업의 피해가 국민에게 돌아간다나.

국민 핑계도 정도껏 대자. 불편하니까 파업이다. 지금 이 국민은, 현관문 앞에 우체국 파업을 지지한다는 깃발이라도 달고 싶은 심정이다.

신념을 홀대하는 세상에서

불편하Go 이상韓 표어들

    법원 주차장에 법무부 이송 차량이 있다. 차에는 밝은 표정으로 양손을 들고 하나의 줄을 잡고 선 사람들이 그려져 있고, 그 위에 '치우침 없는 공정한 재판을 위한 법Join, 국민참여재판'이라는 표어가 쓰여 있다. 아마 국민이 배심원으로 참가join하는 국민참여재판에 적극 협조하여 법조인(法曹人) 역할을 하자는 뜻일 것이다.

    구치소에 갔다. 해상도 낮은 LED 전광판에 교정 마스코트인 보라미와 보드미가 찌그러진 채 웃고 있고, 그 옆으로 '청렴韓 교정' 어쩌고 하는 표어가 흘러간다. 획수가 많은 한자인 '韓'자만 한자로 쓰여 있다 보니 글씨체가 다르고 줄도 안 맞는다. 아마 한국(韓國)의 교정공무원을 상징하는 보라미와 보드미가 맡은 바 소임을 청렴히게 다하겠다는 뜻일 것이다.

일전에 관공서를 지나가다 표어와 사진 공모전 홍보 포스터를 보았다. '마음을 이어주는 크리에이터'라고 쓰여 있었다. '마', '이', '크' 세 글자를 한눈에 들어오게 크게 썼다. 아마 공모전에서 모집하는 표어나 사진은 주제를 전달하는 장치가 되니 마치 마이크microphone과 같다는 뜻일 것이다.

관공서와 공공 영역을 점령한 이런 표어를 볼 때마다, '어째서 다개국어로 장난을 치지?'라는 생각한다. 벌 우스운 말장난을 열심히 한다고 웃고 넘길 수 없다. 너무나 많은 공공 영역의 표어가 영어나 한자 같은, 초급 한국어와 한글의 범위를 넘는 지식을 전제로 하고 있다.

Join,이라는 영어 단어를 모르는 사람에게 국민참여재판 홍보 문구의 영어는 아무 정보를 전달하지 못한다. 표어 아래의 그림도 사람들이 줄지어 하나의 줄을 잡고 선 것이라 재판과 직접적인 관련이 없다. 이런 표어가 유치하다고 웃을 수 있는 사람과 이런 표어의 의미를 온전히 해석할 수 없는 사람이 나뉠 수밖에 없다. 연령, 교육, 성별 등을 불문하고 국민 일반의 의식을 재판에 반영한다는 국민참여재판의 취지에도 맞지 않다. 청렴韓 행정, 청렴韓 교정도 마찬가지다. 표어 공모전의 표어가 2개 국어 말장난인 '마이크'는 이런 형식의 표어를 허용한다는 메시지를 준다.

수많은 시민 공모에 출품되는 표어나 홍보 문구가 2개 국어 동음이의를 활용한 것이고, 우수작을 선정하거나 홍보물을 제작하는 사람들도 별다른 문제의식이 없으니 이런 표어가 계속 쓰이는 것일 터다. 그러나 모든 사람들이 대한민국이라는 국가명을 한자로 쓰고 읽을 수 있는 것이 아니다. 요즈음 한글을 못 읽는 사람이 어디 있냐느니 의무교육인 초등학교에서부터 영어를 배운다느니 국가명 정도는 한자로 읽을 줄 알아야 국민이라느니 하는 말을 할 일이 아니다. 대체 어째서 어떤 사회 구성원들은 보아도 완전히 이해할 수 없을 문장과 표현을 만들어내고, 적극적으로 사용하는 것일까?

홍보나 디자인을 전혀 모르는 내가 막연히 생각해보아도, 돈이나 음료수병 앞에서 손바닥을 앞으로 내밀고 사양하는 동작을 취하는 보라미와 보드미의 모습이나 국민참여재판에 참여한 연령과 성별이 다 다른 배심원들의 모습 같은 그림만으로도 같은 메시지를 전달할 수 있을 것 같은데, 왜 굳이 이러는지 모르겠다. 한국어를 포함해 2개 국어 이상을 구사하는 사람을 상정한 표어를 볼 때마다 나는 이런 표어들이 전부 차별 표현이라고 생각한다. 그리고 생각한다. '이거 혹시, 나만 불편한가요?'

신념을 홀대하는 세상에서

방송대 수험생의 하루

    일요일에 나는 방송통신대학교 출석 대체 시험을 쳤다. 아마 이 글을 읽는 독자들 중에도, 같은 날 시험을 본 사람이 적지 않을 것이다. 나는 2019년 방송대 중어중문학과에 편입했다. 처음에는 출석 수업을 신청했었다.

    방송대 출석 수업이란, 오프라인 강의실에서 교수님 강의를 직접 듣는 것이다. 교수님들이 전국 지역 대학을 순회하며 오프라인 강의를 연다. 사정이 있어 내가 속한 지역 대학에서 교수님 수업을 듣지 못하더라도, 다른 날짜에 다른 지역에서 하는 수업을 다시 신청할 수 있다. 즉 전국 어디서나 출석 수업을 들을 수 있고, 그 기회도 여러 번 있다.

    꼭 대면 수업을 듣고 싶은 과목이 있어 출석 수업 신청을 했다. 일정을 일찌감치 비운다고 비워는 놓았다. 그러나 내가 속한 지역 대학 시간표가 나오고 보니 결국 일과 겹쳤다. 밥벌이가 우선이다. 나는 허겁지겁 아직 출석 수업이 진행되지 않은 지역을 찾아 다시 신청을 했다. 한 달 뒤였다. 그러나 막상 그때가 되고 보니, 또 다른 재판과 겹쳤다. 나는 다시 전국 각지의 출석 수업 일정을 들여다보았다. 늦었다. 이제 와서 출석 수업을 들으려면 울산 정도까지 가야 했다. 그때가 되어 다시 별일 없기를 기대하기도 어렵고, 먼 길을 다녀올 자신도 없던 나는 결국 출석 대체 시험을 신청했다. 출석 대체 시험은 나처럼 출석 수업을 듣지 못하는 방송대 학생들이 출석을 시험으로 대신하는 제도다.

틈틈이 강의를 들었다. 방송대 강의는 휴대폰으로도 들을 수 있고, 최대 2배속까지 빨리 감기도 할 수 있다. 나는 러닝머신 위를 걷거나 차에 탄 채로 졸며 강의를 들었다. 솔직히 고백하자면, 다 듣지는 못했다. 방송대 교재는 전자책으로도 나온다. 나는 전자책 읽기 기능을 이용해 자기 전에 교재 내용을 들었다. 솔직히 고백하자면, 듣다 보면 잠이 잘 왔다.

그렇게 첫 학기를 보내고 집 근처 고등학교에 가서 출석 대체 시험을 봤다. 아주 오랜만에 OMR 카드를 작성했다. 나는 학창 시절 내내 OMR 카드를 작성해본 세대다. 1교시, 나는

'컴싸(컴퓨터용 사인펜)'로 자신만만하게 이름과 학번을 썼다. 2교시, 1교시와 같은 감독관 선생님들이 들어와 OMR카드 작성 요령을 안내하며 말했다. "맨 위에 2019년 1학기라고 쓰셔야 합니다. 이거 빠뜨리신 분들이 많았어요." 듣고 보니 생각이 났다. 아뿔싸, 저 '빠뜨린 분'이 나다! 나는 조금 덜 자신만만하게, 연도와 학기와 이름과 학번을 썼다.

시험장에는 사람들이 아주 많았다. 나이대도 성별도 다양했다. 시험을 치는 사람도 많았고, 기다리는 사람도 많았다. 내가 2교시 시험을 친 강의실에는, 마치 새것 같은 정장을 말쑥하게 갖추어 입은 중년 남학생이 들어왔다. 그는 강의실 안을 어색하게 두리번거리다가, 어디 앉아야 하는지 큰 소리로 물었다. 1교시에 다른 사람에게 같은 질문을 했던 나는 "아무 데나 앉으시면 돼요" 하고 그새 아는 체를 했다. 그는 창가 가운데 정도에 자리를 잡고, 펜을 쥔 포즈를 잡더니 일행에게 말했다. "나 사진 좀 찍어줘." 일행은 교실 문가에 서서 그의 모습을 찍었다. 찰칵찰칵, 휴대폰 카메라 소리가 났다.

방송대는 국가가 운영하는 평생 고등교육기관이다. 전국 단위로 운영되는 교육 복지시설이기도 하다. 몇 살이든 대학 교육을 처음 혹은 다시 경험하고, '대학 졸업장'이라는 꿈에 도전해볼 수 있는 국립대학이다. 나는 일곱 살부터 서른다섯살까지 학생이었고, 그중 반 이상을 '캠퍼스'에서 보냈다. 나는 그 오랜 시간을 새삼스레 돌아보았다. 대학의 강의를 듣고 학자를 스승으로 만난 학술적 경험과 수강 신청을 하고 과제물을 내고 시험을 친 일상적 경험을 생각했다. 그 모든, 어쩌면 누구에게나 열려 있어야 하는 기회들.

신념을 홀대하는 세상에서

정규직이 계급이 된 나라

또 한국도로공사 이야기를 쓴다. 그사이 큰 변화가 있었다. 대법원이 한국도로공사가 수납원들의 사용자라는 점을 인정했다. 풀어 말하자면, 한국도로공사가 한국도로공사서비스 같은 자회사를 만들든 만들지 않든, 그 자회사를 어디에 쓰든 원래 일하던 수납원들을 한국도로공사의 정직원으로 채용해야 할 법적 의무를 지고 있다는 사실이 명명백백히 확인된 것이다.

그러나 한국도로공사는 여전히 직접 고용을 거부하고 있다.* 수납원들은 법원 판결 이행을 촉구하는 농성을 계속하고 있다. 한국도로공사 본사 건물에는 '너무 힘들어요! 동료가 될

---

* 한국도로공사는 2020년 5월 14일 수납원들을 현장지원직으로 직접 고용했다. 그러나 이 농성과 파업에 참가했던 근로자들을 이후 징계했고, 직접 고용으로 전환된 근로자들을 원래 업무와 연관성이 낮은 업무로 재배치해 이 책 출간 시까지도 갈등이 계속되고 있다.

우리! 농성은 이제 그만!'이라는 대형 현수막이 걸렸다. 동료가 되기 위한 첫 단계인 직접 고용은 할 생각이 없지만 어쨌든 자신들도 힘드니 농성을 그만하라는 것이다. 1심부터 대법원까지 몇 년 동안 법적 다툼을 해온 근로자들, 대법원에서 승소하고서도 원래 자리로 돌아가지 못한 수납원들, 정규직과 경찰들이 의료진 출입도 방해하는 상황에 고립된 농성자들 앞에서 '너무 힘들다'니 염치도 없다.

이 당당한 몰염치는 어디에서 온 것일까. 한국도로공사는 사기업도 아닌 공기업이고 국가 기간산업의 한 축을 맡고 있다. 법원 판결을 준수하여 지금까지 일해온 수납원 천 몇백 명을 직접 고용한들 망하지 않는다. 간접 고용한다고 인건비가 0원인 것도 아니다. 변칙적으로 채용했던 비정규직을 직접 고용한다고 딱히 망하지 않는 것이야 사기업이든 공기업이든 매한가지지만, 여하튼 공기업인 한국도로공사는 대법원 판결을 따르더라도 파산할 경영상 치명적 손해를 입을 위험은 낮은 반면, 사법부의 종국적 판단을 따를 의무는 높은 입장이라 할 수 있다. 그런데도 어째서 직접 고용을 하지 않을까? 대법원이 판결한 대로 따르는 것이 이토록 적극적으로, 공기업이 수십 층 높이의 현수막까지 걸어가며 '힘들다'고 징징거릴 일인가? 어떻게 이런 일이 가능한가?

신념을 홀대하는 세상에서

어기에는 손익이나 당부를 넘은, 비정규직의 정규직 전환이라는 쟁점에 대한 이념적 저항이 있다. 비정규직과 정규직은 더 이상 고용 형태에 따른 중립적 구분이 아니다. 계급이다.

본래 전속적으로 노동력을 제공하는 노동자는 당연히 정규직이다. 여기에 시장의 필요 등 때문에 예외적이었던 비정규직이라는 개념이 입법되고, 시간제 노동자(아르바이트)나 전문직 노동자뿐 아니라 점점 더 많은 노동자가 비정규직으로 채용되기 시작했다. 처음 노동시장에 진입하는 청소년이나 청년 노동자, 경력 단절 후 재진입하는 여성 노동자, 생계를 위해 고령에 다른 노동을 다시 시작한 고령 노동자 등은 처음부터 비정규직으로 계약을 한다. 정규직이었던 사람들이 한국도로공사의 예처럼 자회사 분리, 파견이나 하청업체와의 계약을 통해 비정규직으로 전환되기도 했다.

이제 우리나라의 비정규직은 660만 명에 달한다. 전체 임금노동자의 33퍼센트다. 비정규직은 더 이상 '정규직이 아닌 고용 형태'라는 중립적인 개념이 아니다. 정규직보다 적게 일하는 대신 고용 유연성을 선호한 사람이 아니다. 비정규직의 임금이 정규직의 70퍼센트에 불과한 한국에서, 비정규직을 노동자의 이상적이고 자발적인 선택의 결과라 말하기는 어렵다.

현실에서 비정규직은 더 적은 임금을 받고, 더 긴 시간 일하고, 더 열악한 환경에서 더 험한 일을 맡는 사람을 뜻한다. 경조사비를 못 받는 사람, 파견처에 어떻게든 빨리 적응해야 하는 사람, 급여가 딱 최저임금 인상분만큼만 높아질 사람, 쉽게 해고될 수 있는 사람들을 뜻한다.

비정규직은 이제 정규직의 작고 좁은 문을 통과할 힘이 없는 사람들을 통칭하는 어떤 계급이 되었다. 한국도로공사의 저 '동료가 될 우리'라는 괴물 같은 현수막과 그 아래를 가득 메운 경찰과 정규직 구사대가 보여주듯, 비정규직은 이제, 계급이다.

난민이 할 수 있는 거짓말

변호사 1년 차 첫해에, 나는 난민 사건을 여섯 건 맡았다. 여섯 명 모두 나에게 거짓말을 했다.

어떤 거짓말은 사소한 것이었다. 험지를 탈출하기 위해 무엇을 했는지 다 말하지 않은 정도였다. 보통 그렇다. 대체로 거짓말은 알아도 그만, 몰라도 그만인 일들이다. 자존심을 지키려는 발버둥, 자신의 실수를 축소하려는 변명, 비합리적인 행동을 합리화하려는 시도 정도다.

그러나 그중 결정적인 거짓말을 한 난민 신청인이 한 명 있었다. 나는 다섯 건에서 패소하고, 큰 거짓말을 들은 한 건은 소 취하를 했다. 나는 물증이 있다는 그의 말을 믿고 영국, 호주, 나이지리아, 우간다의 기자며 활동가들에게 물어물어 연락을 한 끝에, 그 물증을 직접 확인하고 거짓말을 알아차렸다.

그리고 내가 알아낸 것을 피고인 한국 정부가 못 알아내겠느냐, 무익한 소송을 그만두고 출국하라고 당사자를 설득했다. 그는 거짓말을 시인하거나 사과하지 않았고, 한국을 떠났다.

나는 한동안 그 여섯 번째 사건에서 사임하지 않은 것을 자랑스럽게 생각해왔다. 거짓을 밝힌 후 화를 내지 않았던 것도, 참과 거짓의 심판자 노릇을 하지 않고 매끄럽게 절차를 정리한 것도 내심 자랑스러웠다. 그럴듯한 '변호사'로 무사히 첫해를 넘긴 것 같았다.

그러나 다시 생각해보면, 그의 거짓말이 정말 그토록 결정적이었을까? 애당초 난민 신청인이 '결정적인' 혹은 '중대한' 거짓말을 할 수 있을까?

그의 출신국은 분명히 매우 위험했다. 대낮에도 살인과 집단 폭행이 빈번했고 사람들은 흥분해 있었다. 정부 정책과 법 집행은 특정 집단에게 적대적이었고, 국민들의 흥분을 가라앉히기보다는 부추기고 이용했다. 시신이 길에 걸렸고 사람들이 낮에 맞아 피투성이가 되었다. 여기까지는 분명한 사실이었다. 전 세계 뉴스에도 연일 보도되고 있었다.

개인의 거짓말이 국가 단위로 확대될 수 없는 이상, 세상 모든 소식이 거짓이 아니라면 분쟁 지역에서 한국으로 입국한

닌민 신청인이 할 수 있는 거짓말의 최대치는 기껏해야 '내 출신국은 위험한 곳이지만 나는 당장은 그만큼 위험한 처지는 아니다' 정도다. '내 나라는 위험하지 않다'나 '나는 모국에서도 잘 먹고 잘 살 수 있지만 더 잘 살아보려고 브로커에게 전 재산을 써가며 난민 인정률이 1퍼센트인 한국에 왔다', '차별을 좀 당해도 한국에 살면 얻는 게 더 클 테니까 한번 와봤다'가 아니다. 국외 이주는 아주 평화로운 사회에서도 일생일대의 결정이다. 하물며 문화와 언어와 다수 인종이 다른 나라로의 이주는 어지간한 사람이 어지간한 상황에서 할 수 있는 일이 아니다. 난민 신청인들의 이주는 이주라기보다는 탈출이고, 선택이라기보다는 흐름이다.

한국같이 난민 인정이 까다로운 나라를 도착국으로 일부러 선택하는 사람은 거의 없다. 캐나다의 2010년부터 2020년 사이 난민 인정률은 46.2퍼센트였다. 같은 기간 한국의 난민 인정률은 1.3퍼센트다. 난민 신청인들에게는 대개 도착국 선택권이 없다. 브로커가 그때그때 구해주는 교통편에 몸을 싣는다. 그렇다보니 한국에 오는 사람들도 생긴다. 한국행 표를 받은 사람들은 아무리 봐도 운이 나쁜 편이 아닌가 싶다. 난민 인정률은 낮고 인종차별은 심하고 타문화에 대한 교육은 부족하고 난민과 이주민을 위한 교육이나 정책은 부족하다. 난민 인정을 받아도 살기 쉬운 나라가 아니다. 이것은 우리 사회의 공백이고 빈틈이었다.

　요즈음 이 공백에서 혐오가 무서울 만큼 빠른 속도로 자라고 있다. 무지와 공포를 먹이 삼아 순식간에 세를 불려가는 혐오를 겁에 질려 바라보며 나는 비로소 생각한다. 어쩌면 그때 그 거짓말은 전혀 중요하지 않았을지도 모른다고. 중요한 거짓말을 할 수조차 없는 삶이 있다는 것을, 내가 충분히 이해하지 못했을 뿐이었다고.

위험의 외주화는 그만

2019년 2월 5일, 태안 화력발전소 하청 직원이었던 고(故) 김용균 사망 58일 만에 장례 일정이 발표되었다. 당정이 공공 부문인 발전소 하청 근로자 정규직화와 2인 1조 업무와 같은 안전조치 철저 이행을 약속하고 유족과 대책 위원회가 이를 수용하면서 미뤘던 장례를 치르게 된 것이다. 고인은 태안 화력발전소에서 원래 2인 1조로 일해야 하는 업무를 혼자 하던 중에 컨베이어 벨트에 끼어 숨졌다. 회사는 설비 개선 요구를 28번이나 묵살했었다고 한다. 밤샘 컨베이어 벨트 점검 작업 이지만 손전등조차 제대로 주어지지 않아 휴대폰 플래시를 켜 고 일을 해야 했다고 한다. 당시 그는 94년생, 스물다섯 살이 었다.

같은 해 2월 3일에는 인천에 있는 한 자동차 공장에서 컨베이어 벨트를 점검하던 50대 노동자가 설을 앞두고 야간 근무 중 벨트에 끼어 숨졌다. 소위 '김용균 법'이라 불린 산업안전보건법 전부 개정안이 국회를 통과한 이후의 일이다. 2018년 12월 26일에는 문경의 채석장에서 작업을 하던 40대 노동자가 쇄석기 벨트에 끼어 숨졌다. 같은 날 충남 예산 자동차 공장에서도 29살 노동자가 컨베이어 벨트에 끼어 숨졌다. 이런 사고를, 당장 기억나는 것만도 수십 건을 읊을 수 있다.

문제는 당연히 컨베이어 벨트가 아니다. 안전하지 않은 일터다. 안전에 비용을 지불하지 않아도 되는 구조다. 목숨 값이 싼 사회다. 우리나라의 일터에서는, 죽음의 냄새가 난다.

안전에는 비용이 든다. 태안 화력발전소가 설비 개선을 하려고 했다면 3억 원 정도가 들었을 것이라 한다. 서울 외곽 아파트 한 채도 아니고, 0.3채 정도의 돈이면 막을 수 있었을 죽음이라는 말이다. 2인 1조로 일해야 하는 위험한 일터에 한 사람만 있는 경우는 매우 흔하다. 2교대로 12시간 일하는 야간 근로자 한 사람의 일급은 최저임금으로 어림잡아 13만 원 정도다. 영화표 열 장 정도 값이다. 일이 손에 익지 않은 신입 직원에게 안전 교육을 하는 비용은 가르치는 사람과 배우는 사람의 시급을 합쳐 계산해도 몇만 원을 넘지 않았을 것이다. 또 흔히들 하는 비교를 가져오자면 커피 두어 잔 값이었을 터다.

그러나 우리 사회가 안전에 책정하는 값은 이보다도 낮아, 충분히 예방할 수 있었을 참변이 계속해서 일어난다.

비용이라고 말을 했지만, 안전한 일터를 만들고 사고를 예방하기 위해 드는 돈은 비용이라기보다는 필요한 지출이다. 안전에 돈 쓰기를 아까워하고 사람 목숨에 이토록 인색한 데에는 여러 이유가 있겠으나, 가장 큰 이유는 역시 국가가 이 지출을 충분히 부담하지도, 책임을 충분히 추궁하지도 않는 것이다. 발전소 같은 공공 부문조차도 비용 절감 운운하며 하청업체에 외주를 맡긴다. 국가가 더 안전하게 운영할 수 있는 공공 부문조차도 이 모양이니, 민간에서 자발적으로 국가보다 돈을 더 쓰려고 할 리가 없다.

국가가 방관하고 안전 '비용'이 민간에 맡겨지면서, 이미 위험의 외주화는 심각한 수준에 이르렀다. 하청에 재하청에 재재하청에, 단계를 거칠수록 회사는 영세해지고 안전 지출은 줄어든다. 원청은 최저가 입찰 경쟁을 부추기고, 영세한 업체들은 비용 절감의 굴레에서 비숙련 비정규직 근로자를 고용해 이런저런 관련법을 위반하며 어떻게든 일이 '굴러는 가게' 만든다. 기업, 특히 원청 업체들은 산업안전보건법이나 근로기준법을 위반해도 큰 책임을 지지도 무거운 처벌을 받지도 않는다. 규정을 어기다가 운 나쁘게 적발되어 벌금을 내는 것이 미리 안전조치를 하는 것보다 '저비용'이다. 산업이 망한다, 기업이 망한다 시끄럽지만, 실제로 1년에 산업재해로 2천 명이 죽어도 산재 사고 때문에 과징금을 내거나 손해배상을 하다가 망한 회사는 없다.

지난 1월 산업안전보건법 전부 개정안이 국회를 통과했다. 도급 제한이나 재하청 금지의 법적 근거가 드디어 마련되었다. 이제 안전을 위한 지출이 법대로 기꺼이 이루어져야 할 것이다. 목숨이 어떤 일터에서든, 더 비싸고 귀해야 한다.

계급적인 성패 곁에서

동료 작가가 코로나19에 확진되었다. 감염경로는 알 수 없다고 한다. 동료 변호사의 법무 법인에 밀접 접촉자가 발생했다. 의뢰인과의 식사 자리를 거절할 수 없어 나갔는데 그 자리에 확진자가 있었단다. 법인 직원 전원이 진단 검사를 받고 법인 일시 폐쇄까지도 고려하고 있다.

내 사무실은 여의도에 있다. 다른 건물과 마찬가지로 내 사무실이 입주한 빌딩에도 공실이 늘어나고 있다. 우편물이 쌓인 우편함, 한산한 엘리베이터. 우리 건물은 고통 분담을 위해 관리소장직을 무급으로 전환해 효율적 운영을 위해 노력하겠다는 공지가 붙었다. 집합 건물 관리소장은 보통 소방법 등에서 정한 자격이 있고 기간제법 예외 사유에 해당해 정규직으로 전환되지 않는 고령 노동자다. 아마 고용 유지 조건으로 무급에 동의했을 것이다. 관리소장이 무급이 되며 관리비가 아주 조금 줄어들었다. 임대료는—당연히—조금도 삭감되지 않았다. 어쩌다 다른 사람과 엘리베이터를 타면 십중팔구 주식이나 부동산 이야기를 듣는다. 주식 투자니 트레이딩이니 하는 간판을 붙인 회사들은 영업을 계속하고 있다.

국선 사건은 본래 생계가 불안정한 사람들이 많다. 국신 선정 조건에 일정액 미만 소득이 있기 때문이다. 나는 직업란에 무직, 자영업, 일용 노동자, 주부라고 쓰여 있거나 기초 생활 수급자나 의료보호 대상자라고 표시된 사건을 배정받으면 전화로 생사와 생계 사정부터 확인한다. 말 그대로 '살아 있는지' 확인하는 것이다. 연락이 닿지 않는 사람들이 있다. 연락이 닿아도 긴급 생계 자금 대출이 바닥난 피고인부터 코로나19 확진 후 몸이 아파 생계 활동이 불가능하다는 피고인까지, 사정이 좋은 이가 한 명도 없다. 하루 한 시간 청소해 만 원을 번다. 공사 현장까지 자비를 들여 갔다가 열이 37.5도 이상인 인부가 있어 공치고 돌아오는 날이 되풀이된다. 손님이 한 명도 없는 가게를 친정 엄마와 억지로 계속 연다. 월세를 내지 못해 보증금을 다 까먹었다. 차라리 징역형을 받고 싶다는 말을 듣는다.

노동 사건 상담에는 비슷한 질문이 쌓인다. 매출 감소로 인한 사직, 감원으로 인한 근무시간 연장, 계약 갱신 거절, 근로 조건 악화……. 자영업 사정은 말도 하지 못할 지경이다. 모든 직원이 자발적으로 무급 휴직에 동의해 4대 보험을 직장 가입 으로 유지하고 휴업급여를 받아도, 임대료 등 기본 유지비를 감당할 수 없어 결국 폐업하는 업장이 늘어나고 있다. 사장에 게 돈이 없을 리 없다고 진정이 제기되었는데 조사해보면 정 말 돈이 없는 경우도 적지 않다. 아예 노사 갈등조차 없는 업 장도 있다. 어떻게 구제해보려고 해도 방법이 없다.

올해는 아무것도 이루지 못했더라도 코로나19에 감염되지 만 않아도 성공이라는 말이 들린다. 그러나 그 성공은 지극히 계급적이다. 더 위험한 사람들이 있고, 더 위험한 사람들은 올 해 내내 점점 더 위험한 처지로 몰렸다. 소득이 없으면 일자리 를 구하러 다니거나 부업을 하는 과정에서 위험 노출 빈도가 늘어난다. 몸으로 할 수 있는 일을 겨우 구해 새로 진입했다가 일이 손에 익지 않아 바로 사고를 당하고 산재 신청을 알아보 는 처지에 놓인다. 어디를 털어도 돈이 없다. 굶어 죽거나 병 에 걸려 죽거나 매한가지라는 말을 진심으로들 한다. 생사를 가르는 실패가 너무 가까이, 너무나 가까이 있다.

침묵이 생존 방식이 되지 않게

뜻 맞는 동료들과 '직장갑질 119'라는 활동을 하고 있다. 익명 제보가 가능한 오픈카톡과 이메일을 이용, 직장에서 당하는 갑질을 제보하면 노동 변호사, 노무사, 활동가들이 상담을 하고 함께 해결 방안을 모색하는 일이다. 처음에는 굳이 왜 이것까지, 하는 생각이 없지 않았다. '대한법률구조공단'도 있고 구청의 '법률홈닥터', 법무부의 '마을변호사 제도'도 있다.

그러나 시작하고 보니 '갑질'의 현실은 상상을 초월했다. 일단 법의 문제가 아니었다. 사회의 문제였다. 물론 이론적으로 따지면 법적 절차를 밟을 수 있는 일들도 있다. 당신이 수백만 원의 비용을 부담하며 1년 이상 소송을 할 수 있고 그래도 심신에 별다른 고통을 느끼지 않을 사람이라면 법대로 해서 되는 일도 있기는 있다. 극단적인 경우에는 언론과 여론의 힘으로 바꿀 수 있는 일들도 있다. 대체로 안타깝게도, 사람 목숨이 값으로 치러진 사건들이다.

그러면 법의 문제가 아닌 갑질은 무엇인가. 우리 사회가 더 강한 사람에게 허용하고 있는 행위들이다. 조금이라도 더 강한 사람 앞에서 침묵해온 집합적 경험이 쌓인 결과다. 우리 사회가 약자를 보호하지 않음으로써, 문제를 제기하는 사람을 외면함으로써 가능해진 어떤 행동 양식이다.

온갖 사연이 다 있다. 지나갈 때마다 의자를 발로 툭 치고 지나가는 상사가 있다. 하루에도 몇 번 의자를 툭 찬다. 같은 사무실에서 1주일에 20~30번 의자를 툭 차고 지나가면, 제정신인 사람이라면 버티기 힘들다. 하지만 이 괴롭힘을 대체 어떻게 그만두게 할 수 있을까? 사람을 때리지 않았다. 의자를 넘어뜨리지도, 물건을 부수지도 않았다. 아주 엄밀하게 따지면 광의의 폭행죄로 신고할 수야 있다. 그렇지만 지나가면서 의자를 툭 쳤을 뿐인 직장 상사를 고소할 수 있을까?

사이 나쁜 팀장이 있다. 사원은 자신이 억울하게 찍혔다고 한다. 팀장이 보기에는 사원이 일을 너무 못했을 수도 있다. 이유가 무엇이든 사원은 팀장에게 만날 혼이 나다가, 하필 몸을 다쳐서 입원을 했다. 그런데 견원지간인 팀장이 날마다 병문안을 와 "너는 출근 안 해서 좋겠다", "나 보기 싫어서 다쳤니" 같은 말을 하고 간다. 욕을 한 것이 아니다. 직장 상사가 귀한 시간을 내 병문안을 왔을 뿐이다. 심지어 주스며 과일도 처먹으라며 사 온다. 병원을 옮겼는데 어떻게 알았는지 또 나타난다. 이쯤 되면 치료고 뭐고 도망치고 싶다. 그렇지만 그럴 수 있을까? 집 근처에서 입원할 수 있는 병원은 뻔하다. 날마다 병문안을 해 사원을 격려하는 팀장을 처벌하기란 매우 어려울 것이다. "너는 사람이 좋은 뜻에서 하는 일을 왜 그렇게 삐딱하게 받아들이니?"라는 말을 듣기에 딱 좋다.

그래, 이런 말을 들었다는 분들을 얼마나 많이 만났는지 모른다. 다 너 좋으라고 하는 거야. 너 배우라고 하는 거야. 그 정도도 못 하고 사회생활을 어떻게 하려고 그래. 왜 이렇게 유별나게 굴어. 너 지금 나한테 시비 거는 거야?

반대로 묻고 싶다. 어째서 사람을 이렇게까지 괴롭히죠? 일을 못 하면 나무라고 가르치면 되지 왜 반성문을 스무 장 쓰라고 하죠? 그냥 지나가면 될 것을 왜 툭 치죠? 왜 시간과 노력까지 들여가며 싫다는 사람에게 병문안을 가죠? 왜 근로관계에서, 굳이 인간에게 모멸감과 수치심을 주죠? 왜 굳이 반말과 성희롱을 하죠?

한때 재벌가 3세의 갑질이 화제였다. 사실 우리 사회 곳곳에서, 손톱만 한 힘의 차이만 있어도 갑질이 일어닌다. 이것은 결코 우리 모두의 잘못이 아니다. 우리 모두의 잘못이라는 말은 결국 딱히 가해자의 잘못은 아니라는 말과 너무나 쉽게 연결된다. 갑질은 인권을 가르치지 않은 교육의 문제고, 비윤리적 인간을 계도하지 않는 제도의 문제고, 괴롭힘을 오락으로 축소하여 소비하는 미디어의 문제고, 침묵을 개인의 생존 전략으로 만든 사회의 문제다. 가해자의 잘못이고, 우리의 과제다.

세밑, 많은 것의 한복판에서

2021년이 왔다. 나는 본래 연말연시에 이벤트를 즐겨 하는 편이다. 원가족과 살 때는 매년 새해가 시작될 때마다 온 가족이 둘러앉아 손을 꼭 잡고 가족 파티를 했다. 지금 함께 사는 사람과도 매번 작은 행사라도 했다. 작년 1월 1일에는 아부다비에 있는 모스크에 갔었다. 재작년에는 동거묘에게 스카프를 묶어주었다. 삼작년에는 동거인의 부모님을 모시고 좋은 식당에 가서 식사를 하고 가족사진을 찍었다.

올해 세밑은 한 해의 끝이나 시작이라기보다는 코로나 시대라는 끝이 보이지 않는 터널의 한가운데 같았다. 이벤트를 하려고 해도 마땅히 떠오르는 아이디어가 없었다. 여행을 갈 수도 비동거 가족을 만날 수도 없었다. 눈치가 더 빨라진 고양이들은 이제 가만히 앉아 옷을 입어주지 않는다. 그래서 더, 새해 기분을 내고 싶었다. 세밑 분위기가 날 만한 모든 일을 했다. 꽃을 샀다. '화훼농가돕기' 웹 사이트에서 산 장미꽃 다섯 송이. 날씨가 너무 추워 배송까지 한참이 걸렸지만 다행히 새해 첫 달에 받긴 받았다. 오랫동안 놀고 있던 꽃병을 꺼냈다. 매달 조금씩 넣는 적금을 시작했다. 온라인 친구들과 하루 한 장씩 일력에 메모를 쓰는 일력모임을 만들고, 장마다 일러스트가 그려진 작은 일력을 준비했다. 일력모임 인스타그램 계정에 예쁜 사진을 올리려고 사진 촬영 바탕지도 장만했다. 꼬마전구를 켰다. 분위기를 바꾸려 부엌 커튼을 방으로 옮겨 달았다. 청소도 했다. 맞지 않거나 오래 안 입은 옷가지를 골라내고 손 닿지 않는 곳에 쌓인 먼지를 닦았다. 서랍마다 방충제와 제습제를 새로 넣고 여름옷과 가을옷에 커버를 씌웠다. 작년에 현장에서 한 번도 흔들지 못했던 커다란 무지개 깃발을 꺼내 벽에 걸었다.

생활을 정리한 다음에는 일을 정리했다. 명목상 안식년이던 2020년 잠깐 활동을 쉬었던 단체들에 다시 일을 시작한다고 알렸다. 내가 안식하던 사이에도 현장은 쉬지 않았다. 많은 동지들이 연말연시를 황량한 거리에서 보냈다. 내가 감사를 맡고 있는 김용균재단은 해를 넘기며 중대재해기업처벌법 제정 운동을 했다. 한파에도 고생하며 단식을 계속했다. 어떤 이는 전국일주를, 어떤 이는 오체투지를 했다. 어떤 이는 난방과 전기가 끊긴 사업장을 지켰고 어떤 이는 기자들이 오지 않는 기자회견을 했다. 그 모든 현장의 앞뒤를 지켜온 동지들에게 2020년을 잘 보냈는지 묻지 않았다. 2021년이라고 코로나19가 어디 가겠냐는 말보다는 2021년에는 함께하겠다는 말을 하려고 노력했다.

새해를 맞아 생활과 일을 차근차근 정리하면서 날마다 하나씩 아이스크림을 먹었다. 2021년이 2020년보다 나아지리라고 믿는 데는 단 음식이 필요했다. 빵또아, 붕어싸만코, 찰떡아이스, 월드콘. 아이스크림이 없을 때에는 초콜릿이라도 먹었다. 군것질을 한 만큼 새해는 나아질 것 같다는 믿음이 생겼다. 근거가 아니라 간식량에 바탕한 믿음이었다.

우울한 소식이 들리면 뉴스를 보지 않았다. 믿음에는 의식적 무지도 한 스푼쯤 필요하다. 유튜브 알고리즘 자동 재생으로 K-POP 콘텐츠를 틀어놓고, 부엌에 있던 레이스 커튼을 옮겨 단 방에 앉아 작은 만다라를 그렸다.

새해라고 당장 해결되는 일은 없다. 달라지는 것도 당장은 최저임금밖에 떠오르지 않는다. 그래도 일부러, 2020년의 끝과 2021년의 시작에, 있는 힘껏 줄을 그어보았다. 근거 없는 믿음과 용기를 위해.

일어나버리고야 마는 일

일어나버리고야 마는 일들이 있다. 나는 일어나버린 일 앞에 일어선 사람들을 본다. 그리고 죽음을 앞당기는 결정, 억지로 삶을 이어가는 순간들, 이미 늦어버린 수많은 일들을 생각한다. 나뭇잎이 바람에 흔들리는 소리와 밑동의 스산함과 넓고 깊은 그늘 같은, 어쩔 수 없이 마음에 흔적을 남기고야 마는 것들을 떠올린다.

그리고 '너무'라는 말을 붙일 수 없는 일들에 대해 생각한다. 너무 살아 있는 생명, 너무 넉넉한 마음, 너무 집요한 용기 같은, 쓰러진 말들.

신념을 홀대하는 세상에서

보이지 않는

여러 해 전, 시국 사건이 쏟아지던 시절이었다. 나도 사무실을 운영하랴 길에 나가랴 밤낮으로 버둥거리던 어느 날, 함께 활동하던 A 변호사님과 이야기를 나누다 깜짝 놀란 적이 있다. A 변호사님은 헌신적으로 인권 옹호 활동을 하던 분이셨는데, 같은 인권 변호사인 B 변호사님 얘기가 나오자 불쑥 "그분 하나도 안 바빠요. 하는 것도 없는데"라고 하신 것이다.

그 B 변호사님은 다른 인권 분야에서 몸이 열 개라도 모자랄 만큼 활동하고 계셨다. 당시 진행 중인 중요 사건도 한두 건이 아니었고, 토론회에도 행사에도 현장에도 꼭 필요한 분이었다. 생업이 가능할까 싶을 정도로 맨 앞에 선 사람이었다. 그렇기로는 이분이나 저분이나 마찬가지였다. 다만 두 사람은 가끔 지나가다 마주치는 것 외에는 활동 영역이 전혀 겹치지 않았다.

"하는 것도 없는데"라는 말에 악의는 전혀 없었다. 악의가 없는데 어떻게 그런 말을 하느냐 반문할지 모르지만 사실 대부분의 사람들은 딱히 악의도 선의도 생각도 없는 그냥 아무 말을 상당히 많이 한다. 그것도 아마 그런 말 중 하나였다. 말한 사람은 아마 오래전에 잊어버렸으리라. 그러나 나는 그날 밤, 괜히 내가 분하고 억울해 잠을 설쳤다. 어떻게 저토록 애쓰고 있는 사람을 두고 하는 것이 없다고 할 수 있지? 그것도 같은 처지면서?

답은 어렵지 않다. 보이지 않은 것이다. 대단한 이유를 댈 필요도 없이 물리적으로만 생각해도 답이 나온다. 시간이 없으면 볼 수가 없다. 내 눈앞의 일을 해내기에도 빠듯하다. 오히려 내가 하고 있는 일이 많으면 많을수록, 중하면 중할수록 그 너머가 보이지 않을 때도 있다. 보지 않으려고 해서가 아니라 도무지 더 볼 여력이 없기 때문이다. 이미 우리 사회의 이슈 하나의 크기가 한 사람이 여러 가지에 깊이 있게 관여하기에는 너무 복잡하다. 그러니 자연스레 무언가에 열중하고 관심을 가질수록 역으로 그 외 이슈에서는 누가 얼마나 일하는지는 잘 모르게 된다.

물론 이것은 답의 절반일 뿐이다. 보이지 않는다고 해서 없는 것이 아니기 때문이다. 그저 보이지 않는 것을 아예 없다고 착각하기가 아주 쉬울 뿐이다. 이 또한 대단한 악의나 선의가 없어도 생겨나는 자연스러운 흐름이다. 안 보이면 모른다. 모르는 것은 없는 것이 되기 십상이다. 청소년 참정권에 대해 한 번도 생각해 보지 않은 사람이 청소년 참정권을 꾸준히 주장하면서 청소년에서 성인이 되어 간 사람을 상상할 수 있을까? 여성 인권에 대해 한 번도 생각해 보지 않은 사람이 여성 인권 운동이 아예 직업인 사람의 일과를 구체적으로 그려볼 수 있을까? 그리고 구체적으로 그려지지 않는 미지의 영역을, 보이지 않는 타인의 생활과 투쟁을 없는 양 여기기는 또 얼마나 쉬운가?

이 착각 내지 착시에는 심지어 편안한 데가 있다. 내가 버둥거리는 만큼 남들도 각자의 영역에서 버둥거리고 있다고 인식하는 것보다, 내가 힘든 만큼 남들도 힘든데 세상이 여전히 이 모양 이 꼴이라고 생각하는 것보다, 어느 선 바깥의 세상과 사람에 대한 상상이나 걱정을 아예 삭제하는 편이 안온하다. 잘은 모르지만 정신 건강에도 좋을 것 같다.

그러나 그러면 안 된다.

그러면 안 된다.

모든 자리에서 모든 사람들이 무언가를, 무엇이든 하고 있다고 믿어야 한다. 안 보여도 믿어야 한다. 뭔지 몰라도 문제가 있다면 그 문제에 '하는 일도 있는' 사람, '지금까지 어디 가서 뭐 하다 온' 사람이 있다고 믿어야 한다. 보이지 않으면 우선 내가 못 봐서라 생각하고, 둘째로도 그저 내가 몰라서라 생각하고, 보이지 않는 사람은 다른 곳에 가 있고, 보이지 않는 자리에는 다른 사람이 서 있다고 믿어야 한다. 이 믿음이 우리를 지탱한다고, 나는 믿는다.

2부
말하는 여성으로 산다는 것

말할 테니 들어라

몇 년 전부터 나 혼자 하는 운동이 있다. 그럴싸한 이름을 붙여보자면 '성비 맞추기' 정도일까. 내용과 방식은 단순하다.

첫째로, 어떤 자리에서든 남성이 더 많이 말하면, 나도 그만큼 말해 남녀 간 발언 절대량의 젠더 균형을 맞춘다. 발언의 내용이 좋으면 좋지만, 솔직히 이 운동의 핵심은 말의 절대량을 맞추는 것이라 내용의 수준까지 유지하기는 힘든 날도 있다. 말이 많으면 밀도를 유지하기 어렵기 때문이다. 그렇지만 수준은 그다음 단계 목표고, 일단은 어쨌든 남자가 말하는 만큼 여자도 말한다, 이것이 첫 번째다.

둘째로, 내가 결정권이나 추천권을 가진 경우 무조건 여성을 먼저 추천한다. 변호사라는 업의 특성도 없지는 않겠지만, 어떤 자문 회의, 실무자 회의, 심포지엄, 강연, 간담회를 가도 남성이 많다. 성비가 일대일로 맞는 경우조차도 거의 없다. 그러니 내게 누군가를 추천해달라는 부탁이 오면 성별을 우선 고려한다. 후보자에게 능력도 있으면 좋고, 사실 이것은 위 첫 번째와 달리 크게 문제가 되지 않는다. 뛰어난 여성은 참으로 많기 때문이다. 작게는 강의 후 청중들에게서 질문을 받아도, 가능하면 여성을 먼저 지목한다. 그러지 않으면 오로지 남성들만 질문하고 발언하는 경우도 있다. 그렇게 되지 않게 하려고 애를 쓴다.

  셋째로, 같은 자리에서 여성이 발언하면 최대한 지지하고 동의한다. 생각이 다르면 어떻게 하냐고? 놀랍게도, 대부분의 여성은 생각하고 말을 하면 맞는 말을 한다! 대부분의 인간이 생각하고 말하면 그럭저럭 맞는 말을 하듯이. 여성의 주장이 터무니없어 반박해야 하는 상황은 좀처럼 없다. 특히 성비가 불균형한 자리에서 여성이 하는 말은 다듬어지고 또 다듬어진 말일 때가 많기 때문인 것 같다. 일단 해보니 이 세 가지 중 세 번째가 가장 쉬웠다.

  그러면 이 세 가지 중 가장 어려운 것은 무엇인가. 첫 번째다. 우리 사회의 남성이 가진 발언권이 얼마나 큰지, 그리고 남성의 말을 듣는 데 우리가 할애하는 시간의 양이 얼마나 엄청난지! 그리고 얼마나 많은 남성들이 정말 '끝없이' 말하는

지! 첫 번째 운동의 목표를 이루려면 거의 항상, 남성 발화자의 말을 끊고 들어가야 한다. 처음에는 놀라울 정도였다. 나도 의식하지 못하고 있었기 때문이다. 밀도가 아주 낮고 정보 값이 별로 없는 말이라도, 우리 사회는 남성의 언어에 일단 '계속할 것을 허락받은 힘'을 부여한다. 시간이 한정되어 있으니, 그 힘이 있는 한 성비가 맞을 수가 없다. 게다가 그 이면에는 '여성은 듣고 호응할 것을 요구하는 힘'이 있다.

하루는 시간을 재어보았다. 내가 먼저 입을 열지 않고, 단지 남성 참가자들이 너무 길게 말하고 여성 참가자들이 너무 적게 말하는 것 같을 때만 어림잡아 일대일을 맞출 만큼 말을 했는데, 종일 거의 여섯 시간을 말했다. 그래도 겨우 절반이었는데! 대체 남자들은 왜 이렇게 말이 많은지!

요즈음 여성들이 말이 많아졌다고 느끼는 분들이 있는 것 같다. 남자는 무슨 말을 못 하겠다는 조금의 재미도 없는 너스레를 떠는―아, 그런 말에 시간을 쓸 수 있는 힘!―남성들도 있다. 내 단언컨대, 초시계를 켜놓고 잰 다음 비교해보면 아직 여성의 말은 남성의 반에도 턱없이 미치지 못할 것이다. 우리 사회의 모든 말을 모아 쌓아놓고 보면, 그중 여성의 말 덩어리는 남성의 말 덩어리에 비해 아주 작을 것이다. 들리지 않고 삼켜진 말들이 훨씬 더 많을 것이다. 남성의 말을 끊기 어려워

망설이는 사이 사라진 말들이 훨씬, 훨씬 더 많을 것이다.

그러니 여기 나에게 주어진 1,800자를 써서 말한다. 남성들은, 일단, 들어라. 최소한 절반이 될 때까지. 말할 테니 들어라.

여성 변호사로 산다는 것

10년 차 여성 변호사가 되었다. 이상한 문장이다. 나는 시스젠더 여성으로 태어났고 죽 여성이었다. 그러니 정확히 하자면 '나는 여성이다. 나는 변호사로 일한지 10년째가 되었다'가 더 올바른 표현일 것이다. 그러나 실제로 일을 하면서, 나는 종종 그냥 '변호사'가 아니라 '여성 변호사'가 된다.

세상에는 변호사와 여성 변호사가 있다. 예를 들어볼까. 내가 일을 꼼꼼하게 하면, 나는 '여성 변호사'가 된다. 일을 꼼꼼하고 세심하게 하는 것은 '여변'의 특징이라고들 한다. 심지어 칭찬이랍시고 그런 말을 한다. 내가 남성이었다면 나는 그냥 '일을 잘하는 변호사'였을 것이다. 나는 말이 빠른 편이다. 이것도 가끔은 '여성 변호사'인 이유가 된다. 말이 빠르면 왜 여변인지 곰곰 생각해봤는데, 낮은 목소리로 천천히 말해야 그냥 변호사고 그러지 못하면 여성 변호사인 것 같다.

변호사 1년 차 때 일이다. 나이와 기수가 같은 남자 변호사와 나란히 앉아 일을 하면, 내가 주무를 하고 있다는 것을 분명히 아는 사람조차도 내가 아니라 남자 동기를 향해 말을 했다. 너무나 많은 사람들이 둘 중 딱 남자 동기 쪽만 쳐다보며 말을 하니, 동기의 머리 뒤에 후광이라도 있나 싶을 정도였다. 나는 그에게 후광이 있는 것이 아니라, 나에게 '여성 변호사'라는 그늘이 있다는 것을 곧 깨달았다.

2년 차 때, 나는 국선 피고인들을 만나며 '아가씨'라는 말을 세 번 이상 들었다. 처음에는 달리 지적하지 않고 들어 넘겼다. 내가 실제로는 내 몫을 하는 변호사인 이상, 상대방의 하대하는 태도나 호칭은 중요하지 않다고 생각했기 때문이었다. 그러나 이는 이상이자 기만이었다. 나는 호칭이 일종의 신호고, 부적절한 호칭을 참고 듣고 있으면 결국 일도 제대로 돌아가지 않는다는 것을 곧 깨달았다. 결국 어느 시점에 나는 '아가씨'라는 말을 듣자마자 책상 위로 볼펜을 던졌다. "지금 절 뭐라고 부르셨어요? 아가씨가 아니라 변호사라고 하세요." 나는 사과를 받았고, 그 사건은 잘 마무리됐다. 그는 그다음부터 변호사의 말을 잘 들었다.

3년 차 때, 나는 몇몇 공공기관이나 위원회 회의에 참석하기 시작했다. 나는 내가 말할 차례가 자연스럽게 오기를 기다렸다. 중년 남성들이 낮은 목소리로 말을 했다. 끝없이 했다. 수다스럽고 쓸데없기가 이루 말할 수 없을 지경이었다. 어느 날, 나는 마이크 전원 버튼을 누르고 말을 시작했다. 나는 그제야 회의에 참석한 전문가가 될 수 있었다. 아마 시끄럽다거나 어르신의 말을 끊는다거나 하는 평도 같이 있었을지 모른다. 그렇지만 남의 말을 먼저 끊지 않으면, 누구도 '젊은 여성 변호사'인 나에게 먼저 마이크를 주지 않았다.

이렇게 사는 사이, 알고 지내던 여성 변호사들은 하나둘씩 현업에서 멀어졌다. 뛰어난 변호사들이 결혼을 하고, 아이를 낳았다. 야근하던 책상 위 커피 잔이나 여행 사진이 올라오던 SNS에 아기 사진과 이유식 제조 동영상, 키즈 카페 사진이 올라오기 시작했다. 같은 또래 '그냥 변호사'들은 여전히 일을 하고, 휴가를 가고, 가끔은 거시적인 세상에 대한 성찰까지 했다. '여성 변호사'들은 마음이 맞는 베이비시터를 구하기 어렵다는 고민을 말했다. 퇴근 시간이나 배우자의 인사이동 때문에 사직을 고민했다. 연차가 있으니 이혼 전문 사무실 외에는 받아주는 곳이 없다는 호소를 들었다. 사라진 이들도 적지 않다.

그냥 변호사이기만 할 수 있다면, 일을 잘하면 계속하고, 잘맞는 직장이 있으면 잘 다니면 된다. 실직을 하면 구직을 하면 된다. 자격증 좋은 게 뭔가. 그러나 여성 변호사는 이에 더해, 사라지지 않기 위해 버텨야 한다.

나는 내심 가시적으로 일하는 모든 여성 변호사들을 동료로 생각했다. 그리고 동료가 업계에서 사라질 때마다 애도했다. 아마 모두 본인의 선택이자 결정이긴 했을 것이다. 그러나 자신의 선택이라는 말은 때로 기만적이다. 고작 10년밖에 되지 않았는데 이미 또래 동료들 중 반 이상이 일을 그만두었거나 그만두지 않기 위해 분투하고 있다. 여성으로 태어나기를 선택하지 않았다. 몸도 정체성도 바꿀 수 없다. 내가 선택할 수 있었던 것은 변호사라는 직업뿐이었다. 그럼에도, 혹은 그렇기에, 여성 변호사로 산다는 것은, 때로 그 자체로, 단지 오늘도 내가 변호사 일을 하며 보냈다는 것만으로도 일종의 사회운동이 된다. 내가 그것까지는 선택하지 않았더라도.

말하는 여성으로 산다는 것

얼마 전, 큰 본회의를 작은 팀으로 나누는 방식으로 구성된 자리에 갔다. 본회의는 크니까 여성이 적지 않았다. 물론 그래도 절반이 되지 않았다. 딱 봐도 남자 서너 명에 여자 한 명 정도. 요즈음은 보통 20~30퍼센트 정도를 소위 여성 몫으로 두는 것 같다. 반대로 말하면 남성이 70퍼센트 이상이었다는 말이다.

저 본회의는 소회의로 나누어졌고, 그 결과 모든 소회의는 전원 남성이나 여성 한 명에 남성 서너 명으로 구성되었다. 경험해본 사람이라면 공감하겠지만, 여성 한 명에 남성 두 명이 여성 두 명에 남성 여섯 명보다 나쁘다. 이렇게 한쪽 성별로 몰린 작은 구조에 들어가면 소수의 발언권은 극도로 축소된다. 한 명이면 고립되는 데다, 이에 더하여 하나 있는 여성이

나이까지 어리다면 연령 권력에서 다시 밀린다.

30대 여성 변호사인 나는 많은 의사결정 구조에 유일한, 혹은 둘 중 하나, 혹은 30퍼센트에 해당하는 여성으로 들어간다. 긴 인권 운동과 교육의 역사가 만들어낸 '남자만 있으면 좀 그런 것 같다'거나 '여성이 30퍼센트는 있어야지'의 사회적 합의가 만들어낸 아슬아슬한 자리. 보통 그 한두 자리가 이 시대 이 사회가 고학력 전문직 여성에게 그나마 허락하는 몫이다.

전체 인원이 몇 명이든, 연령이나 가치관이 어떻든 여성이 두 명만 있어도 숨통이 트인다. 세 명이면 일이 좀 수월하겠다 싶어진다. 나 혼자면, 싸울 태세 만만으로 들어가야 한다. 나도 생각하고 말할 줄 안다는 존재 증명을 할 준비를 하고 들어가야 한단 말이다.

나는 젊은 데다 여성이라 처음에는 공기 취급을 받을 때가 많다. 비유가 아니다. 직책이나 의전 순서대로 내가 상당히 앞에 서 있는데 상대방이 나를 아예 뛰어넘고 인사를 하거나 명함을 내미는 경험을 길지 않은 삶에 벌써 몇 번이나 했다. 중견 여성 CEO 지인은 귀빈으로 자치단체장 옆에 앉아 있다가 비서로 오인당한 적이 있다고 한다. 여남 변호사가 함께 있으면 남성에게만 말을 거는 사람은 너무나 흔하다. 여하튼 그래서 '공기'가 말을 하기 시작하면, 다들 세기의 발견을 한듯 깜짝 놀란다. 그다음에 공기가 뜻밖에 일을 잘하면—나는 대체로 일을 잘한다—공기에서 벗어나 점점 더 많은 일을 맡게 된다. 그러면 그 일들을 잘하는 동시에, 생색도 끊임없이 내야 한다. 그래야 내가 한 몫의 절반 정도가 기록에 남는다.

남성이 소수자인 모임도 어딘가 있을지 모르지만, 재원 분배, 정책 결정, 공권력 행사, 경영 판단같이 거시적인 영향력이 있는 의사결정 구조에서 남성이 소수인 경우는 극히 드물다. 뉴스를 틀어 계속 지나가는 회의나 행사 화면을 10분만 봐도 알 수 있다. 신문의 정치사회면 사진에 나온 얼굴만 세어봐도 알 수 있다. 언제나 남성이 더 많다. 지긋지긋하게 많다. 게다가 말하려는 남성은 많고 남의 말을 들으려는 남성은 적다. 수많은 회의에서, 발언권에 익숙해진 사람들이 서로 듣지는 않으며 자기 몫의 말을 늘어놓는다. 그러면 대체로 자의 반 타의 반 간사 내지 총무 역할이 되어버린 여성이 실무를 맡아 정리하는 식으로 흘러갈 가능성이 아주 높다.

지금 이 말을 혹시 과장이라고 생각했다면, 멀리 갈 것 없이 지금 신문사별 객원 논설위원 성별을 다시 보기 바란다. 어디를 봐도 남성 필자가 더 많다. 글을 쓸 실력과 자격을 갖춘 여성이 절대적으로 부족해 여성이 더 적은 것은 아닐 것이다. 다만 영향력 있는 곳이 어디든 불평등한 만큼, 언론에서의 발언권도 성별 불균형일 뿐이다.

이 사회에서 여성으로 살려면 끝없이 힘을 내야 한다. 내가 하는 거의 모든 사회적 발언에 '여자니까'라는 해석이 한 겹 더해질 것을 각오해야 한다. 한국에서 말하는 여성으로 산다는 것은, 이 각오를 하고, 그래도 다음 세대에는 여성 한 명의 자리가 더 있기를 바라며 말하고 또 말하는 것이다. 세상이 듣지 않을 수 없을 때까지.

후보조차 견딜 수 없는 사람들

얼마 전, 여당 국회의원이 '남녀동수법(男女同數法)'이라 명명한 선거 3법 개정안을 대표 발의했다. 선출직 공천 과정에서 여성 후보 50퍼센트 이상 공천을 의무화하자는 내용이다. 현행법은 국회의원 선거에서 여성을 30퍼센트 이상 공천하도록 권고하고 있지만, 권고일 뿐이라 성비를 맞추지 않는다고 해도 불이익 규정이 없다.

정당의 공천을 받는 여성 후보가 너무 적다 보니 선거 과정에서 투표를 통해 '여성 대표자를 선출하고 싶다'는 의사를 표현하기는 매우 어렵다. 내가 사는 지역구는 국회의원 선거 후보자도 모두 남성이었고, 구청장 후보자도 모두 남성이었다. 성별을 고려해 투표할 기회 자체가 없었다. 돌이켜 생각해보면 성인이 되고 이사를 두어 번 다녔지만 늘 그랬다.

여성 유권자를 위한 공약이랍시고 '아이들에게 안전한 동네', 'ㅇㅇ고(高) 유치로 학군 개발' 같은 선전을 내세운 것을 볼 때면 한숨이 났다. 아이들이 안전한 것은 좋다. 교육 수준이 높아지는 것도 좋다. 그렇지만 이런 공약이 공보물 후면에 나오는 상황 자체가 답답했다. 선거를 겪을 때마다, 학부모도, 어머니도, 아내도 아닌 한 사람의 유권자인 여성은 충분히 존중받지 못한다고 느꼈다. 후보의 성별을 조건으로 고려할 기회 자체가 없었다.

여성 후보로 공천을 하다 보면 다른 후보들보다 더 유능한 여성도 있고 무능한 여성도 있을 것이다. 나와 정치관이 전혀 다른 여성도 있고, 지향하는 가치가 나와 잘 맞아 흔쾌히 지지할 만한 여성도 있을 것이다. 지금까지는 이 문장에서 '여성'이 있는 자리에 모두 '남성'이 있었다. 그런데 쓰고 읽기는 '후보'라고 읽었다. 유능한 후보, 무능한 후보, 보수 후보, 진보 후보, 이렇게 말을 했지만, 그 후보들은 모두 남성이었다.

공천은 당선을 보장하지 않는다. 유권자의 선택에 맡기기 전에, 법부터 개정하여 남녀동수 조항을 만들어야 하는 이유도 공천은 최소한의 기회균등이기 때문이다. 고등교육과 사회활동 기회가 성차별적으로 주어져온 한국 현실에서, 후보자의 성비를 제도적으로 보정하지 않으면 여성 후보를 더 많이 공천한 정당은 더 많이 패할 위험이 있다. 같은 성적이라도 아들은 인문계 고등학교를 보내고 딸은 상업고등학교를 보낸 것이 아주 옛날도 아니고 내가 중학생 때다. 아들은 어떻게든 대학을 보내도 딸에게는 그만한 교육을 시키지 않는 가정이 적지 않았다. 대학을 졸업한 다음 사회에서 직면하는 차별은 말할 것도 없다.

이 누적된 기회 박탈 때문에, 현재 한국에서는 피선거권을 행사할 나이대의 여성이 남성과 동일한 수준의 이력이나 직함을 가질 가능성이 다소 낮다. 그 결과, 남성이 '객관적으로' 더 훌륭하기 때문에 선택한다는 왜곡이 발생한다. 이것은 사회가 만든 차별이다. 지금 우리나라의 선출직 성비는 처참할 정도로 불균형하다.

남녀동수 공천은 성별이라는 조건하에서 후보군을 재구성하자는 제안이다. 여성을 60퍼센트, 70퍼센트 공천하자는 것도 아니고, 선출을 절반씩 하자는 것도 아니다. 후보 성비를 딱 절반으로 맞추자는 제안은 다소 기계적이다. 그런데 이 기계적 제안에도 반발이 있다고 한다. 남녀동수 '후보'조차도 견딜 수 없는 사람들이, 이 세상에는 있는 것이다.

그렇지만 나는 더 이상, 애당초 젠더를 투표에 고려할 수 없는 현실에 좌절하고 싶지 않다. 간신히 발언권을 얻은 한두 명이 99명의 남성 앞에서 모든 여성을 과잉 대표하는 현실도 벗어나고 싶다. 좀 더 잘하는 여성도, 잘 못하는 여성도 보고 싶다. 잘못 선택하고 후회하고, 잘 선택하고 기뻐하는 경험을 더 해보고 싶다. 여성 후보가 있는 선거조차 사치인 현실을 넘어, 마음에 드는 여성 후보가 있는 선거를 생전에 치러보고 싶다.

너는 왜 아이를 낳지 않느냐

인사 청문회 중, 야당 국회의원이 공정거래위원장 후보자에게 "아직 결혼 안 하셨죠?", "본인의 출세도 좋지만 국가 발전에 기여하길 바란다"라는 발언을 했다고 한다. 인사 청문회라는 지극히 공적인 자리에서 이런 질문을 떠올릴 뿐 아니라, 입밖에 내어 말하기까지 하는 남성이 국민을 대표하는 국회의원이랍시고 자리를 차지하고 있다. 여성은 장관급 공직의 후보자로서 자격 검증 절차를 거칠 때조차도 결혼과 출산에 관한 질문으로부터 자유롭지 않다.

통계청이 2019년 기준 지난 4년간 우리나라의 '합계출산율'은 201개국 중 최하위였다는 자료를 발표했다. 이어 낮은 출산율에 대한 분석이며 보도가 쏟아졌다. 아마 곧 뭔가 정책적 대안도 제시가 되리라. 그러나 소위 가임 여성으로서 체감하는 현실은 조금도 달라지지 않았다. 통계와 부합하고, 심지어 위 인사 청문회 발언과 같은 에피소드와도 부합한다. 즉, 지난 몇 년간, 이 나라에 살면서 나는 단 한 번도 '아이를 낳아볼까'라는 생각을 할 만한 변화를 경험하지 못했을 뿐 아니라, 출생률이 낮다는 언론 보도를 화제 삼아 다짜고짜 "너는 왜 아이를 낳지 않느냐", "요즈음은 마흔까지는 노산도 아니다" 같은 말 같지도 않은 말을 얹는 사람들이나 잊을 만하면 한 번씩 만났다.

낳나 봐라. 내가 이 땅에서 아이를 낳나 봐라.

내가 내린 결론을 날것 그대로 말하자면 이렇다. 부모가 나에게 준 것과 같은 가정을 꾸릴 생각을 하지 않은 것이 아니다. 나는 소위 정상 가정의 틀 안에서 행복하게 자랐고, 어쩌면, 우리 사회가 아주 조금만 더 여성을 출산의 의무를 진 가축이 아니라 인간처럼 대하는 시늉을 했다면 아마 지금쯤 아이를 둘 정도 낳았을 보수적인 집단에 속한다. 성장하며 부모와 자식 간의 강렬한 유대, 절대적 사랑과 무한한 신뢰를 경험했고, 자식으로서 했던 그 모든 경험을 부모의 자리에서 다시 해보고 싶었다. 당연히 그리리라 생각한 때도 있었다. 나는 내가 경험한 가족이라는 관계나 부모 됨에는 나 자신이 직접 감당해야 하는 사회적, 신체적 위험을 감수할 만한 가치가 있다고 진심으로 믿었다.

그래도 어느 정도여야지.

출생률 저하에는 몇 가지 이유가 있다. 첫째는 소위 정상 가족에 대한 강력한 사회적 압박이다. 저출생 대책 중 상당수가 '짝짓기' 프로그램이다. 일정 연령에 사회적·법률적으로 인정받은 혼인을 한 사람들에게만 아이를 안전하게 키울 기회가 주어진다. 비혼모부에 대한 지원은 턱없이 부족하다. 이성 간 혼인을 하고 아이를 낳아야 사회에 원만히 편입될 수 있다.

둘째는 지극히 편중된 출산과 육아의 위험부담이다. 출산이 국가 발전에 기여하는 것이라 공적 장소에서 당당히 말한 남성 국회의원은 결코 출산할 수 없다. 감히 말하자면, 나는 남에게 아이를 낳아라, 하나는 외롭다, 딸이 좋다, 아들이 좋다 따위의 말을 주워섬기는 사람들 중 실제로 출산과 육아에 능동적인 역할을 한 사람은 거의 없으리라는 예단을 갖고 있다.

셋째는 고립과 단절이다. 내 나이 지인들 중 아이를 낳은 사람은 많지 않다. 이들은 백이면 백 어떤 식으로든 신체적 변화와 사회적 고립을 경험했다. 적어도 30년 이상 살면서 만들어진 인간으로서의 어떤 사회적 인격이 임산부 – 아기 엄마라는 너무나 무겁고 일방적인 역할의 무게에 짓눌린다. 경력 단절이라는 말로는 충분치 않다. 출산으로 단절되는 것은 경력만이 아니다.

아무리 둘러봐도 긍정적인 사례가 없다. 이번 인사 청문회처럼, 역시 여성이면 몇 살이고 어떤 성취를 이루었든 이 나라에서는 결국 저런 소리나 듣는구나 싶은 경험만 직간접적으로 쌓여간다. 나는 어쩌면 어머니가 되었을지도 모른다. 그러나 지금 이 나라에서는, 역시, 아무리 매번 다시 고민해보아도, 아니다.

저출생의 책임자는 국가다

　야당 원내 대표가 '출산 주도 성장' 운운했다는 뉴스를 보고, 나는 깔깔 웃었다. 그 정도의 예비 납세자 캐리어 취급에는 이제 화를 낼 생각도 들지 않기 때문이다.

　'저출산 고령화'가 화두가 된지 벌써 십수 년이 지났다. 대책도 이것저것 세워 지금까지 수조 원을 저출생 대책에 투입했다고 한다. 그러나 그렇게 많은 예산을 투입했는데도, 우리 세대는 임신을 하지 않는다.

　모 야당 국회의원은 "요즘 젊은이들은 내가 행복하고 잘사는 것이 중요해서 출산을 하지 않는다"고 발언했다고 한다. 뒤집어 말하면, 요즘 젊은이들은, 소위 가임기 인구 중 많은 사람들은 출산을 하면 내가 행복하지 못할 것이라고, 지금보다 못살게 될 거라고 생각한다는 말이다. 저 발언은 상당히 비난

받았고 그 비난은 마땅하지만, 그의 현실 인식에는 사실 꽤 정확한 데가 있다. 바로, 오늘날 한국에서 임신과 출산은 개인에게 징벌적이라는 것.

임신과 출산은 아무리 의술이 발달해도 모체에게 상당히 위험한 과정이다. 설령 의료비를 국가가 완전히 부담한다 해도―그렇지 않다―위험을 무릅쓸 만한지 가늠해볼 만한 일이다. 이에 더해, 우리 사회는 출산에 사회적 모멸, 경제적 손실, 개인적 불안을 얹는다.

오늘날 출산 여성의 경력 단절이나 사회적 고립, 양질의 일자리 배제는 굳이 더 말할 것도 없는 상수다. 수많은 여성들이 취업 시장을 반자발적으로 이탈하여 소위 경력 단절 여성이 된다. 인사고과에서 최하위를 받는 정도라면 그나마 다행이고, 많은 경우 새로운 일을 찾아야 하거나 아예 일을 할 수 없게 된다.

그에 더해, 혹은 바로 그 때문에 아이를 가진 가구는 가난해진다. 모의 경력 단절은 가구 단위에서는 소득 하락이기 때문이다. 수입은 줄고 지출은 늘어나는데, 이 경제적 지위 하락은 대개 출산을 선택한 부부가 아무리 노력해도 회복되지 않는다.

사회 문화가 영유아에 호의적인 것도 아니다. 영유아를 데리고 공공장소를 다니는 것은 정말 어렵다. 많은 사람들이 아동에게 적대적이다. 잠재적 소음 유발자인 아동을 데리고 지하철이라도 한 번 타본 적이 있다면, 사방에서 내뿜는 적대감을 느꼈을 것이다. '노키즈존'이라는 차별이 자본주의에서는 당연하다며 옹호된다.

그나마 이 정도 가시화가 이루어진 것도 소위 정상 가족인 경우다. 비혼모·부에게 출산은 더욱 가혹하다. 모든 아동에게 인적 사항을 완전히 갖춘 부모가 있을 것을 전제하다 보니, 부모 중 어느 한쪽을 정확히 기재할 수 없는 경우에는 출생신고 단계부터 쉽지 않다. 우리나라는 UN 아동권리 협약 사항인 보편적 출생신고 제도를 도입하지 않아 개선 권고를 받았다. 이처럼 지금 한국에서는 임신, 출산, 육아로 인한 경제사회적 비용을 사회가 아니라 개인이 부담하고 있다.

그렇다면 국가는 무엇을 하는가? 겁박을 한다. 출생률이 계속 하락하면 복지 체계가 무너지고 국가의 경제성장이 둔화될 것이라 한다. 옳은 말이다. 저출생 추세 장기화로 인한 사회안전망 약화는 노인 세대뿐 아니라 모든 세대에서 더 빈곤한 사람에게 더 큰 타격을 입힌다. 이로 인한 빈부 격차 심화는 더 위험한 국가, 더 부정의한 사회를 야기할 가능성이 높다.

그러나 아이를 가지면 당장 나의 사회적 성취가 크게 저하되고 경제 사정이 악화되고, 촘촘한 체로 거르는 선별 복지 정책하에서 육아부터 노후까지 모두 개인의 몫인 나라에 살다 보니, 연금 재정까지 걱정해드릴 처지가 아니다. 그 걱정은 본래부터 개인이 아니라 국가의 몫이었다. 그리고 지금 가임 세대들이 출산을 두고, 정확히는 출산을 포기하고, 임신으로 이어질 가능성이 있는 결혼을 하지 않고, 결혼으로 이어질 것 같은 연애조차 그만두며 하고 있는 고민들 또한, 제대로 국가의 몫이어야 한다.

비출산 권장의 최전선에서

대한민국 정부 트위터 공식 계정이 게시한 '저출생 극복 프로젝트'라는 제목의 동영상이 젊은이들 사이에 큰 화제가 된 적이 있다. 다둥이 부모 50쌍이 다른 부부들에게 둘째 임신 관련 상담을 해주는 '카운슬링'이라는 저출생 대책 정책을 소개하는 한편, 국민들에게 출산에 관한 고민을 보내면 20만 원 상당의 상품권을 준다고 홍보하는 영상이었다. 누적 시청자가 약 30만 명에 달했다.

30만 명이나 저출생 극복 프로젝트라는 심심한 제목의 영상을 보다니, 숫자만 놓고 보면 이만한 성공이 없다.

그러나 이 동영상이 이렇게 인기를 얻은 이유는 재미나 설득력이 있었기 때문이 아니다. 이 '저출생 극복 프로젝트' 영상자체가, 어떤 네티즌의 말을 빌리자면 '비출산 권장 프로젝트'

였기 때문이다.

시작은 이렇다. 한 여성이 신호가 바뀌자마자 횡단보도를 달린다. 여성이 간 곳은 어린이집이다. 엄마를 기다리며 혼자 장난감을 갖고 놀던 아이가 고개를 들고 반가워한다. 엄마와 딸은 손을 잡고 길을 걷는다. 옆으로 다른 여자아이가 자기 엄마와 함께 유모차를 밀며 지나간다. 딸이 엄마를 보며 동생이 갖고 싶다고 한다. 엄마는 고민에 빠진다. 이런 '일생일대의 고민'에 빠진 엄마를 위해 이미 아이를 여럿 출산한 부부가 조언을 해준다는 문구가 나온다. 엄마가 집 소파에 앉아 다른 부부의 조언을 듣는다.

이 45초짜리 영상은 우리 세대가 임신과 출산을 하지 않는 이유, 저출생 대책이 효과가 없는 이유를 적나라하게 보여준다.

첫째, 아빠가 없다. 둘째 임신을 고민하는데 아빠가 전혀 등장하지 않는다. 남자 배우를 못 구했나 싶을 때 남성 조언자가 비로소 한 명 나온다. '카운슬링' 상담마저도 엄마 혼자 받는다. 여성이 혼자 임신할 수는 없는데(일단 정자가 필요하긴 하다), 우리 정부는 임신과 출산이 쌍방이 아니라 여성의 고민거리라고 본다는 메시지를 이보다 더 분명하게 전달할 수 있을까 싶을 정도다. 이 영상은 우리 현실보다도 뒤떨어져 있다. 대부분의 상식적인 부부는 함께 고민하고 서로 상의하여 둘째 아이 임신을 결정한다.

둘째, 엄마만 육아를 한다. 딸을 데리러 어린이집에 종종 뛰어가는 사람도 엄마다. 동생이 갖고 싶다는 어린아이의 푸념을 듣고 기분을 맞추어주는 사람도 엄마다. 유모차를 밀며 지나가는 사람도 엄마다. 다정한 커플이 어두운 밤에 어린이집에 가서, 보육 교사의 일대일 보살핌을 받으며 안전하게 잘 놀고 있던 아이를 보며 '피곤하지만 이만하면 하나 더 낳아도 좋겠다'고 생각을 해도 괜찮아 보일까 말까인데, 국가적으로 충분한 공공 보육 지원을 계획하거나 사회적으로 성평등한 육아를 권장하겠다는 시늉조차 없다.

셋째, 전문가가 없다. 아이를 여럿 가진 다른 부부는 저출생 문제의 전문가가 아니다. 홈페이지에 들어가 자세히 읽어보았더니 둘 이상의 아이를 둔 부부 50쌍을 선발해, 인터뷰 영상을 촬영하고 홍보 미션을 수행하면 육아 지원금 2백만 원을 각 지원한다고 한다. 한번 인터넷에 영상이 게시되면 영원히 떠돌리라 각오해야 하는 시대에 자신의 얼굴과 가족 구성을 공개한 영상을 촬영해 2백만 원이라도 받아야 하는 것이 다둥이 부모가 처하는 상황이라는 홍보일까. 또래 친구, 양가 부모님, 교회 권사님, 지하철 승객 A, 국민연금이 걱정되는 B 아저씨, 요즘 젊은 것들의 이기심이 불편한 C 어르신까지, 가임기 젊은이들은 이미 나라 걱정에 바쁜 비전문가들에게 둘러싸여 있다. 2백만 원 받은 50쌍을 그에 보탠들, 아이는 단 한 명도 더 태어나지 않을 것이다.

저출산 고령화 대책 마련에 10년간 1백조 원을 투입했다고 한다. 이런 수준의 정책이 모여 1백조 원이라면, 그렇게 많은 돈을 썼는데도 합계출산율이 1.0 이하로 떨어진 한국의 현실이 조금도 이상하지 않다. 국가가 비출산 권장의 최전선에서 이토록 애쓰고 있는데, 어떻게 감히 아이를 가지겠는가.

결혼과 투쟁

주말, 피곤해 한숨 자려 누웠는데 부엌에서 소음이 들린다. 남편이 설거지를 하고 있다. 달그락거리는 소리가 한참 나자, 잠결에 짜증이 난다. 왜 남편은 침실 문을 닫지 않았나? 그리고 왜 굳이 지금 설거지를 하는가?

불만은 금세 꼬리를 물고 이어진다. 남편은 문을 닫지 않는다. 10년이 넘도록 같이 살았는데, 제발 옷장 문 닫아라, 서랍 닫으라는 말을 지금까지 얼마나 많이 했는지 모르겠다. 자매품으로는 "쓰레기통에 쓰레기를 버릴 때는 손으로 가볍게 눌러달라", "택배 상자를 탁자 위에 올리지 말고 바닥에 놓아라", "스타일러 내부 먼지를 닦아라" 등이 있다.

30년 이상 자기는 옷만 입고 밥 먹고 출근하면 어머님이 식탁 치우고 옷장 문 닫고 불 꺼주는 삶을 살았던 습관이 그가 쉰을 바라보는 지금까지도, 내가 10년 넘게 말해도 도무지 고쳐지지 않는 것이다. 잘하다가도 컨디션이 좀 나빴다 싶으면 어김없이 찬장이 열려 있고 옷장 서랍은 양말이나 속옷이 걸린 채 반쯤 닫혀 있다.

나라고 달리 자랐나? 집에서는 앉아 공부나 하고, 잘 다려진 교복 입고 등교하고 깨끗한 침대에 누워 잤다. 하루 두 끼는 어머니가 가져다주신 따뜻한 도시락을 담 너머로 받으며 살았다. 심지어 나는 혼자 살 때도 요리를 하지 않았다. 사 먹었다.

그런데도 나는 어째서 가사를 계속 생각해야 할까? 어째서 이 관리는 자연스럽게 내 몫이 되었는가? 나는 어째서 관리라는 정신적 노동을 멈출 수 없을까? 어째서 내 에너지를 '화장실 휴지를 마지막에 다 쓴 사람이 보충하자'는 규칙을 사수하거나 '이제 부엌 커튼을 빨 때가 된 것 같다'고 판단하는 데 써야 하는가?

잠은 진즉에 다 깼고 화가 난다. 억울하다. 이 억울함은 시시때때로 튀어나온다. 여기에서 가장 기묘하고 심지어 화가 나는 점은, 남편이 여전히 좋은 사람이고 내가 남편을 사랑하고 남편이 분명 '평균 이상'으로 끊임없이 노력하는데도 불구하고, 여전히 내가 관리와 돌봄의 굴레를 벗어날 수 없다는 점이다.

혼자 살았어도 나는 주기적으로 커튼을 빨았을 것이다. 그

러나 저 커튼을 세탁할 때가 되었는데 내가 할지, 파트너에게
말을 할지, 가사 도우미님께 말을 할지 고민하는 데 지금만큼
시간을 쓰지는 않았을 것이다. 혼자 살았어도 나는 설거지를
했을 것이다. 그러나 동성과 살았다면, 매우 높은 확률로, "좀
피곤해서 지금부터 잠을 자고 싶으니, 나갈 때는 불을 끄고 문
을 닫고, 집안일을 한다면 조용한 일을 해주세요"라는 말을 하
지 않고도 평화로이 한숨 잘 수 있었을 것이다.

　우리 사회가 여성과 남성에게 학습시킨 일상이 너무나 다
르다. 사회에서는 관리 감독자의 지위와 결정권이 고평가되는
반면, 가사에서 필수적인 관리와 판단과 조율은 능력이나 노
동이 아니라 '잔소리', '시키면 할 텐데'로 저평가된다. 대부분
의 여성들이 알아서 잘하는 일은 그냥 하는 것이고, 남성이 누
가 안 시켰는데 냉장고 청소라도 알아서 하면 아주 일등 신랑
감에 살림왕이다. 이 현격한 차이는 안이하게 용인되어 왔다.
　나는 이성과의 법률혼을 선택했을 때 여러 가지를 감수해야
하리라고 막연히 생각했었다. 제 잘난 점만 잘 알던 스물여섯
여학생은 기존 제도에 머릿수를 보태는 '정치적 선택'을 한다
고 생각했다. 그저 어떤 당사자성을 상실하고 기성 관습의 편
안함을 향유하는 보수적인 결정을 했으니 어떤 식으로든 사회
적 책임을 져야 하리라고 생각했다. 그러나 일상 유지가 디폴

트로 내 몫이 될 줄은 몰랐다. 내 눈에도 잘 보이지 않았던 것이다. 이 업무를 사적으로는 분담하고 사회적으로는 가시화하고 정치적으로는 의제화하는 것이 기혼 여성이 된 나의 과제일 줄은 몰랐다. 이것이 이토록 당연하고, 흔하고, 필연적이라는 것을.

칙칙폭폭과 쿵쾅쿵쾅

나는 지금까지 변호사로 일하며 대략 수십만 건의 악성 댓글이나 게시글을 읽었다. 15만 건 넘게 본 것은 확실하고, 50만 건까지는 아마 안 될 것이다. 나는 이 칼럼의 인터넷 링크 하단에 게시될 것을 포함하여, 오늘날 빈번히 쓰이는 비하 표현을 거의 다 알고 있다.

요즈음은 타인에 대한 공격은 직설적인 욕설일 때도 있지만, 간접적으로 모멸감을 주는 비하나 차별 표현의 양태를 띠는 경우가 많다. 자음만 쓰거나, 의성어나 의태어를 빌리거나, 애매한 합성 이미지를 사용한다. 이런 비하 혹은 차별 표현들은 맥락을 이해하는 사람의 마음에는 깊은 상흔을 낼 수 있되, 맥락을 모르는 사람 앞에서는 무지를 가장할 수 있을 만큼 모호하다.

최근에는 이런 일이 있었다. 어떤 사건에서, 나는 우리 측 증인에게 "기억에 남는 모욕적인 말을 모두 알려달라"고 했다. 그는 여러 표현을 말하다가 '칙칙폭폭'이라는 말을 언급했다. 재판장님이 '칙칙폭폭'이 무슨 뜻인지 물었다. 증인은 자신이 광주 출신이고, 칙칙폭폭이라는 말은 기차의 경적 소리를 나타내는 의성어이기도 하지만 일베라는 커뮤니티에서 5·18 민주화 운동을 폭동으로 비하하는 뜻으로 쓰이고 있기 때문에 모욕감을 느껴 잘 기억하고 있다고 했다.

몇 년 전, 다른 사건의 고소 대리를 하던 중, 수사관이 나에게 전화를 했다. 그는 '쿵쾅쿵쾅'이라는 댓글을 왜 고소했는지 물었다. 나는 당시 '쿵쾅쿵쾅'이라는 말이 특히 젊은 여성을 대상으로, '그 여자는 멧돼지처럼 뚱뚱하니까 쿵쾅쿵쾅 큰 소리를 내며 걸어다닐 것'이라는 모욕적 의도를 담아 널리 유행하고 있다고 설명했다.

이 두 표현의 이런 다른 의미를 이 글을 통해 처음 안 독자들이 아주 많을 것이다. 반면, 일상에서 읽은 적이 있거나 본 적이 있는 사람들도 있을 것이다. 솔직히 사용한 사람도 있을 것이다. 처음 보는 사람들에게 이런 말은 "요즘 젊은 사람들은 별 희한한 유행어를 다 쓴다니까"라고 말하고 넘어갈 만큼 가볍다. 맥락을 아는 사람들에게 이런 표현들은 강력하다.

이런 비하 및 차별 표현에는 몇 가지 공통점이 있다. 첫째, 가벼움을 위장한다. 둘째, 변명의 여지를 남긴다. 셋째, 악의의 유대를 형성한다.

어린 시절 배우는 의성어와 의태어, 동요나 동화책의 가벼움을 훔친다. 쿵쾅쿵쾅 걷거나 뛰는 것은 아주 많고, 대부분 딱히 부정적인 맥락이 없다. 이처럼 비하 표현은 이미 널리 쓰이는 친숙한 단어나 이미지를 훔쳐 그 악의의 무게를 숨긴다.

이 특징은 두 번째 공통점인 변명의 여지로 이어진다. 가벼운 표현에 무거운 악의를 담은 사람들은 막상 문제가 되면 백이면 백 "몰랐다"고 한다. 그런 뜻이 아니었다고 한다. 칙칙폭폭 게임을 했을 뿐이고 그냥 장난인 줄 알았을 뿐이고 자음만 썼을 뿐이고 해석을 잘못 했을 뿐이고 여하튼 이거든 저거든 몰랐을 뿐이다. 무지는 잘못일 수도 있고 잘못이 아닐 수도 있다. 형법적으로 따지자면 범죄의 성립에는 고의성이 요구된다. 그러나 법적 해석과 별개로, 발화자가 몰랐다고 한다고 해서 피해자가 상처를 덜 받지는 않는다.

비하와 차별의 뜻을 담은 가벼운 유행어는 이해하는 사람들 사이에 기이한 유대를 만들어낸다. 낄낄 웃으며 한두 마디 단어를 주고받는 것만으로도 "너도 이 말을 아는구나", "그래, 역시 우리 모두 이만큼은 나쁘지"라는 악의의 공동체가 형성된다. 이 정도 한두 마디는 그렇게 나쁘지 않다는, 이 정도의 말에 담긴 악의는 그다지 악하지 않고 무겁지 않다는 착각이 이유대감을 타고 널리 퍼진다.

그러나 소위 악플은 단 한 글자도 가볍지 않다. 악의는 어떤 경우에도 모호하지 않다. 피해자는 오해하지 않는다. 그 모든 단어들은, 자갈이 아니라 바위다.

웅앵웅 초키포키

　온라인 유행어 중 '웅앵웅 초키포키'라는 말이 있다. 영화에서 대사가 잘 전달되지 않는 장면을 두고 누군가 "웅앵웅 초키포키"라고 말하는 것처럼 들린다고 한 것을 어원으로 기억한다. 지금은 어물어물 넘기는 말이나 터무니없는 소리에 두루 쓴다.

　보통 언어 습관은 환경과 상황에 따라 만들어지니 온라인 유행어를 일상에서 쓸 일은 그다지 많지 않다. 그런데 유독 이 '웅앵웅 초키포키'는 꽤 쓸모가 있다.

　한국어에는 여러 사과 표현이 있다. 가장 쉬운 것부터 시작해볼까. '미안합니다', '죄송합니다', '잘못했습니다' 이 세 사과문을 모르는 한국인은 없을 것이다. 그러나 실제로는 이 간단한 사과를 깔끔하게 하는 사람을 보기가 쉽지 않다.

예를 들어볼까. '어', '앗', '아이고', '저런'은 사과가 아니다. '그러니까 그게'나 '아니 좀'이나 '어쩌다 보니'도 사과가 아니다. 완전한 문장이 아닐뿐더러 애당초 의미값이 거의 없다. '기분이 나빴다면'도 당연히 사과가 아니다. '제가 술에 많이 취해서', '생각이 짧아서'도 사과가 아니다. 그 나이 먹도록 자기 주량을 모르고 사리 분별 못 하는 인간이라는 정보를 주는 표현일 뿐이다. '친딸 같아서 그랬다', '가족 같아서 그랬다', '친한 선후배 사이라 생각했다'도 사과가 아니다. 타인과의 거리감을 제대로 파악하지 못한다는 자인(自認)일 뿐이다. '사정이 어려웠다', '그 시절에는 다들 그랬다', '잘 기억이 나지 않는다'도 사과가 아니다. 여러모로 자신의 무능과 무지를 밝히는 표현일 뿐이다.

이런, 말하는 사람은 사과랍시고 하고 있는 것 같지만 듣는 사람 입장에서는 사과가 아닌 어정쩡하고 장황한 말들의 정체가 뭘까 싶던 차에 웅앵웅 초키포키라는 말이 등장했다. 나는 무릎을 탁 쳤다. 그래! 웅앵웅 초키포키다! 지금 저 사람들은 사과가 아니라 웅앵웅 초키포키 하고 있다!

이 유행어를 알게 된 다음부터 나는 위 여러 표현들을 '웅앵웅 초키포키'로 바꿔 읽는데, 대체로 이해에 전혀 무리가 없다. "제가 미처 의식하지 못했던 저의 어떤 행동으로 물의를 일으켜 저를 아껴주신 분들께 상처를 입혔다면 죄송하게 생각합니다"를 "웅앵웅 초키포키 죄송 초키포키"로 읽으면 아주 간단하다. 그게 그거다. 웅앵웅 웅앵웅 내가 좀 잘못했나 싶기는 한데 웅앵웅 뭐 이 정도다.

웅앵웅 초키포키를 해놓고 자신은 사과를 했다고 생각하는 사람들이 적지 않다. 한 걸음 더 나아가 나는 사과를 했는데 왜 끝이 나지 않느냐, 사과를 했는데 왜 받아주지 않느냐며 투정을 부리는 사람들도 있다. 얼마나 더 사과하라는 거냐며 도리어 역정을 내는 경우까지 있다.

사과해야 할 사람이 제대로 사과하지 않으면 갈등이 끝나지 않는 것은 당연하다. 사과는 끝이 아니라 시작이기 때문이다. 행위 당사자가 잘못을 담백하게 인정하는 것은 화해와 해결, 재발 방지로 나가기 위한 첫 걸음이다. 사과를 받아야 할 사람이 제대로 사과를 받지 못해 이 첫 걸음조차 제대로 시작하지 못한다면, 아무리 그 위에 말이 쌓이고 사건이 쌓인들 갈등이 더 무거워질 뿐, 무엇이 해결되랴.

말이 많이 쌓이면 우리는 피로감을 느낀다. 특히 내가 당사자가 아니라면 그 모든 말들이 무겁고 지겹게 느껴질 수도 있다. 이는 자연스럽다. 왜냐하면 사실 그 길고 장황한 말들의 정체가 고작 웅앵웅 초키포키였기 때문이다. 웅앵웅 초키포키를 백 번쯤 들으면 지겹다. 백 번까지 갈 것도 없이, 이 글을 읽는 당신도 벌써 내가 읊어댄 웅앵웅 초키포키에 질렸을지 모른다. 이것이 바로 웅앵웅 초키포키의 힘이다! 아직 현실이 달라진 것도 아니고 화제를 마무리할 때가 된 것도 아닌데 마치 많은 일이 일어난 듯한 착각을 불러일으키는 것이다.

그러나 그 착시에 속지 말자. 웅앵웅 초키포키는 사과가 아니다. 그리고 화해와 종결은, 웅앵웅이 아닌 제대로 된 사과가 있은 다음에야 비로소 시작될 것이다.

비극을 비극으로 받아들이는 예의

비극이 모두에게 같은 무게일 수 없다. 어떤 사람들에게는 가슴 찢어지는 고통이 다른 사람에게는 단신 뉴스에 불과할 수 있고, 어떤 사람들에게는 평생 잊지 못할 상처가 다른 사람들에게는 나약한 하소연처럼 보일 수 있다. 어떤 사람들에게는 어제 일처럼 생생한 참상이 다른 사람들에게는 이제 좀 그만 듣고 싶은 옛날이야기일 수 있다. 사람 사는 세상이 본래 그렇다고 말하는 이들도 있다. 그러나 과연 그럴까?

우리는 이번에, 약자를 위해 오랫동안 헌신한 한 명의 정치인을 잃었다. 정견이 달랐든 같았든, 그가 더 나은 사회를 꿈꾸었고 이를 앞장서 실천하기 위해 평생에 걸쳐 노력했다는 사실에 이의를 제기할 사람은 많지 않을 것이다. 많은 사람들이 어떤 식으로든 그에게 빚을 졌다.

모두가 부채감을 느끼거나 죄책감을 느낄 필요는 없을 것이다. 그렇지만 죽음 앞에서 조의를 표하고 말을 가리는 정도의 예의는 인간으로서 필요하다. 이는 고인에 대한 예의인 동시에 공동체에 대한 예의다. 생명을 귀하게 여기고 죽음을 무겁게 받아들이자는 것은 문명인에게 무리한 요구가 아니다. 나한테는 큰일이 아닌 것 같아도, 어떤 일을 몹시 슬퍼하는 사람이 있다면 그 앞에서 말을 고르는 정도의 생각은 있어야 한다. 내 일이 아닌 세상사에도 내 일처럼 기뻐하고 슬퍼하며 공감하는 사람들이 모두의 삶에 더 기여하고 있다. 그에 무임승차해온 삶을 반성하기는 어렵다 하더라도, 최소한 내가 하고 싶은 말이 있어도 하다못해 하루 정도는 참는 인내는 있어야 한다. 남의 눈치를 보지 않고 아무 말이나 하는 것은 당당함도 단호함도 아니다. 이에 더해 정치인이라면, 많은 사람들이 애도하면 어째서 남들이 슬퍼하는지 생각을 해볼 정도의 정치적 감각은 있어야 한다.

고(故)노회찬 의원의 부고에 모 정당 대변인은 '자살은 남겨진 가족과 사회에 대한 죄'라 썼다. 그는 고인의 남겨진 가족이 아니다. 그에게는 사회에 대한 죄를 판시할 자격이 없다.

나는 한 사람이 죽었을 때, 그에 대한 첫 번째 반응으로 백보를 양보하여 고인의 명복을 비는 시늉조차 하지 않고 '자살은 죄'라는 글을 공개적으로 쓰는 인간과 같은 세상에 살아간다는 현실을 도무지 참을 수 없다. 그가 대의 민주주의 제도에서 일정한 대표성을 띄고 그에 상응하는 권한을 가진 국회의원이라는 점은 더더욱 견딜 수 없다. 그와 같은 생각을 하는 사람이 이 세상에 있는 줄이야 알고 있다. 알고 있지만, 아니 알고 있기에 용인해서는 안 되는 인간으로서의 최저선이 있다. 어떤 비윤리적인 발언, 비도덕적인 생각들은 세상으로 나오는 순간 우리 공동체를 후퇴시킨다. 말하고 싶을 때 말할 권위와 자신의 말을 언론이라는 확성기를 통해 증폭할 권력을 가진 자라면 더욱 조심해야 한다. 쓴다고 다 글이 아니고 한다고 다 말이 아니다. 사람이라면 사람답게 행동을 해야 한다. 백 명이 사람답지 못하게 행동해도, "세상이 본래 그렇지 뭐"라고 말하는 대신, 백번을 놀라고 거듭 놀라고, 그러면 안 된다고 백번을 거듭 말려야 한다.

평생을 사회에 헌신한 귀한 목소리를 잃은 상실감을 정리하는 데는 오랜 시간이 걸릴 것이다. 그러나 그 목소리가 사라지자마자 죄 운운하는 말에 그러면 안 된다고 식겁하는 데에는 그리 긴 시간이 걸리지 않는다. 이것은 정치 이전에 명백히 윤리의 문제이기 때문이다. 세상은 결코 본래 이렇지 않다. 타인의 상실에 대한 최소한의 공감조차 하지 못하는 사람들이 다들 나 같다고 거짓말을 한다.

그러나 그들은 틀렸다. 사람들은 대체로 타인의 상실을 마음 아파하고, 때 이른 죽음을 애도하고, 고통스러워하고, 서로를 위로하고, 남겨진 자신의 역할을 고민한다. 이도 저도 아니면 할 말 안 할 말 구분이라도 한다. 그 구분의 최저선조차 없는 자들보다 우리는 더 크게 말하고, 더 오래 살아야 한다. 진보고 보수고 따지기 전에, 그보다는 위에 인간의 선을 그어야한다.

시험에 든 것은 우리다

    법무부가 제주도로 입국했던 예멘 출신 난민 신청자 중 339명에게 인도적 체류 허가 결정을 했다. 난민 인정자는 없었다.

    인도적 체류란 엄격한 의미의 난민에 해당하지는 않지만 본국으로 돌아갈 수 없는 사정이 있는 사람들에게 부여하는 보충적 체류 자격이다. 인도적 체류라 하니 무척 인도적(人道的)인 것 같지만, 인도적 체류는 그저 임시 체류 자격으로 난민 인정과는 거리가 멀다. 우리나라 체류 자격 중 '기타'에 해당하는 G-1비자로 1년간 체류를 허가하는 것이다. 취업 활동을 할 수 있다고 하지만, 1년 뒤에 한국에 있을지 없을지도 모르는 사람을 채용할 곳은 거의 없다. 한국 어디든 갈 수 있다고 하지만 교통비가 있어야 이동을 할 수 있기 때문에, 실제로 얼마나 많은 사람들이 얼마나 이동할 수 있을지는 미지수다. 생계 지원도 가족 결합도 적용되지 않는다.

예멘은 중동 아라비아반도에 있는 나라다. 우리처럼 남북으로 나뉘어 있다가 소련이 해체하며 통일했다. 예멘 내전은 2014년경부터 시작되었다. 예멘은 2011년 평화로운 독재 종식과 민주화에 성공했었다. 그러나 불안한 정세에서 쿠데타가 발발했고, 이 쿠데타에 인접 강대국인 이란과 사우디아라비아가 개입하며 예멘은 강대국들의 대리 전장이 되고 말았다. 몇몇 나라들은 열심히 무기를 팔았다. 어떤 나라들은 군대를 파견했다. 알카에다와 IS도 들어갔다.

이러는 사이 예멘에서는 1만 명 이상이 사망하고 콜레라까지 발발했다. 예멘의 인구는 2천5백 만 명, 우리의 절반 정도다. UN 난민 기구 보고서에 따르면 내전 발발 후 최소한 10퍼센트가 고향을 벗어나 탈출했다. 대부분의 사람들은 당연히 일단 인근 국가로 간다. UN 난민 기구가 마련한 난민 캠프에 머무르기도 하고, 국경을 맞댄 오만이나 사우디아라비아, 해협 건너 소말리아나 지부티로 건너가는 것이 1차 이동이다. 그다음부터의 탈출 경로는 제각각의 운과 브로커의 손에 달려 있다. 보통 난민 신청자들은 길고 복잡한 경로를 따라 이동하고, 자신이 어디로 가는지 잘 모른 채 눈앞의 중개인들에게 돈을 주며 위험한 곳에서 멀어지려고 한다. 목적지가 있는 여행이 아니라, 일단 목숨을 건지려 이동하는 탈출이기 때문이다.

예멘인 수백 명이 제주도에 입국했을 때, 우리나라에서는 큰 저항이 있었다. 전 세계로 흩어지고 있는 예멘 인구에 비하면 많지 않은 수였는데도 예멘인들의 집단 입국과 난민 신청은 극심한 종교적, 정치적 이슈가 되었다. 이슬람이라는 종교에 대한 편견까지 더해져, 거부감과 공포가 위험수위에 달했다. 급기야 한국인들이 예멘인을 폭행하는 사건까지 있었다. 정부는 이번에 기껏해야 임시 체류 자격 부여를 결정했으면서도, '언제든 철회될 수 있다'는 해명을 함께 내놓아야 했다.

그러나 흥분을 가라앉히고 잠시 상식적으로 생각해보자. 다른 사람에게 해를 끼치는 것을 삶의 목적으로 하는 사람은 극히 드물다. 대부분은 자신이 잘 사는 데 힘을 쏟는다. 위기 상황에서 국경을 넘어 탈출할 정도의 의지와 실행력이 있는 사람이라면 더욱 그렇다. 한국에서 범죄를 저지르거나 우리 문화나 관습을 무시하리라 지레 겁먹을 일이 아니다. 생존 의지를 가진 외국인들이 어차피 한국에 온 이상, 이들이 한국에서 제대로 삶을 구축할 수 있게 지원하여도 큰일이 나지 않는다.

한국 체류 외국인은 이미 180만 명이다. 예멘인들이 더해져도 퍼센티지 변동조차 없다. 한국이 외국인 수백 명의 행방이나 행동에 불안해할 만큼 치안이 열악한 나라인가? 낯선 문화의 유입에 바로 흔들릴 수준의 문화를 가진 나라인가? 수백 명도 지원하지 못할 만큼 가난한 나라인가?

전 세계가 평화롭고 어떤 분쟁도 없어 시험에 들 일이 없었다면 두루 좋았으리라. 그러나 현실이 그렇지 않은 이상, 이번 사태는 한국이 이방인을 어떻게 대하는 나라인지를 보여주는 경험이 될 것이다. 난민이 아니라, 우리의 역량과 포용력에 대한 시험인 것이다.

아득한 차별 앞에서

차별적인 세상을 사는 것은 힘든 일이다.

나는 지식 노동을 하는 여성이다. 일터에서 여러 사람들을 만난다. 업무의 내용만 따지면, 사람들의 성별이 중요한 경우가 많지 않다. 그러나 우리 사회가 성차별적이다 보니, 즉 성별에 따른 발언권의 차이가 크고 성별에 따라 기대되는 행동 양식과 발화 습관이 현저히 다르다 보니, 주장과 설득이 주요 업무인 내 분야에서 '일이 되게' 하려면 성별을 신경 써야 한다. 남성들이 더 많이 말하고, 남의 말을 더 많이 끊고, 남의 말을 잘 듣지 않고, 그럼에도 의사결정권자 중 남성의 비율이 더 높다는 차별적 경향을 현실로서 받아들여 고려하는 과정이 업무에 자연스럽게 포함된다.

저 많은 말 중 어느 말은 발언권의 확인에 불과한지, 어떤 말이 실제로 유의미한지를 따진다. 내게 발언자를 선택할 기회가 있다면, 어떤 사람이 여성이라서 말할 기회를 얻지 못하거나 위축되어 있는 게 아닌지 살펴 발언의 기회를 배분한다. 나에게 의사결정권이 없는 일에서 바라는 결과가 있다면, 내 주장이 의사결정권자를 설득할 만큼 치밀하고 탄탄한지 점검하는 동시에, '사나운 여자', '고집 센 여자', '똑 부러지게 일하는 여자' 같은 여성상 중 나의 태도 내지는 이미지를 선택해야 한다. 내 주장이 타당하고 내 근거가 견실하면 내가 어떤 태도로 말하든 의사결정권자를 설득할 수 있으리라는 이상만으로 일했다가는, 아무런 결과도 얻지 못할 위험이 있다.

나는 기혼이다. 소위 '정상 가족' 신화가 강하고 이성애 전제가 뚜렷한 이 차별적인 사회에서, 기혼인 나는 어떤 것들을 신경 쓰지 않아도 된다. 갑자기 아플 때 보호자를 구하지 못할까 봐 걱정하지 않는다. 가구 단위인 경제·복지 정책에서 후순위로 밀릴까 봐 걱정하지 않는다. 남녀 성인 2인으로 구성된 내 가족에 맞는 보기가 선택지에 없을까 봐 걱정하지 않는다. 1인 가구나 대안 가구라는 이유로 어떤 일에서 배제될까 봐 걱정하지 않는다. 누가 혼인 여부를 물으면 그냥 진작에 결혼했다고 나의 정상성만 확인하면 된다. 혼인 여부에 대한 질문을 받은 다음 까다롭거나 무능한 사람처럼 보일까 봐, 더 사적인 질문을 받을까 봐 걱정하지 않는다. 정상 가족상과 그에 벗어난 경우들에 대한 차별이 존재하는 이상, 아무래도 기혼보다는 비혼이 혼인 여부를 더 많이 신경 쓰고 자신을 더 자주 증명해야 하는 처지에 놓인다.

　나는 내가 여성이라는 이유로 차별받으면 쉽게 인지한다. 반면 비혼인들이 차별받으면 이를 알아채지 못할 때가 있다. 나는 비장애인이다. 아마 나 자신이 장애인을 차별하거나, 다른 사람들이 장애인을 차별하는 자리에 있었으면서도 이를 깨닫지 못한 적이 꽤 많이 있을 것이다.

　차별적인 현실을 끊임없이 점검하고 그 안에서 나름대로 운신의 폭을 확보하는 것은 언제나 약자의 몫이다. 차별은 언제나 약자에게 확실하게, 조금도 헷갈릴 일 없게 가혹하다. 이 가혹함을 때로는 약자로서 경험하고 때로는 옆에서 지켜본다. 아무리 역지사지니 연대니 해도, 내가 경험하는 것과 내가 '피한 상황'을 보는 것은 결코 같지 않고 차별이 심할수록 이 두 경우 사이의 차이는 커진다. 이 차이도 고통스럽다. 가끔은, 아니 자주, 아득하다. 차별적인 세상에서 여러 층위의 사회적 존재로 사는 것이, 살아 있는 것이 너무 힘들다. 숨이 막힌다.

키오스크가 건네는 햄버거의 맛

    사무실 앞 야근을 할 때 자주 가던 패스트푸드점에 무인 주문대가 생겼다. 입구에서부터 꽤 위압적인 덩치를 자랑한다.

    나는 이런 '키오스크'가 익숙한 세대인데도, 늘 먹던 세트를 찾아 처음 주문하는 데 한참이 걸렸다. 큰 화면의 글자와 사진을 하나하나 살펴 읽었다. 원하는 메뉴를 찾고 손가락으로 눌러보았다가 손톱 끝을 세워보았다가 하며 화면을 눌렀다. 다음 화면으로 넘어갔다. 사이드 메뉴며 음료를 선택하란다. 더 주문하실 것은 없고 영수증은 필요하다. 신용카드를 앞으로 넣었다 뒤집어 넣었다 하고 나서야 간신히 주문 번호와 영수증을 받았다.

    착실히 의자에 앉아 손가락 두 개만 한 종이쪽지에 쓰인 번호와 안내 화면을 몇 번이나 번갈아 보며 내 번호를 기다렸다.

목이 슬슬 아플 때쯤, 비로소 저쪽에서 사람이 나타나 말한다. "386번 고객님, 주문하신 메뉴 나왔습니다."

몇 년 전부터 고속버스 유인 매표소가 크게 줄었다. 현금을 갖고 다니지 않아도, 휴대폰 앱으로 편리하게 승차권을 살 수 있고 종이 승차권 없이 모바일 승차권으로 탑승할 수 있으니 좋아진 것이라고들 했다. 실제로 나는 휴대폰으로 고속버스의 잔여 좌석을 확인하고 미리 예매를 해두었다가, 시간에 딱 맞춰 고속 터미널에 간다.

그렇지만 이 일련의 과정에는 여러 가지가 필요하다. 일단 스마트폰이 있어야 한다. 무선 인터넷이나 데이터망에 접속할 줄 알아야 하고, 그 통신 비용을 부담할 수 있어야 한다. 어플리케이션 설치법을 알아야 한다. 휴대폰의 작은 글자를 무리 없이 읽을 수 있어야 하고, 작은 화면에서 더 작은, 작은 자판을 틀리지 않고 눌러 출발지와 목적지를 선택한 다음 역시 새끼손톱만 한 '검색' 버튼을 누를 수 있어야 한다. 화면을 '스크롤'할 수 있어야 한다. 신용카드가 있어야 한다. 휴대폰에서 신용카드로 결제를 할 줄 알아야 한다. 모바일 승차권을 화면에 띄울 줄 알거나 고속 터미널의 무인 발권기에서 신용카드로 무인 발권을 할 줄 알아야 한다. 이 모든 일을 할 줄 모르면 고속버스 터미널까지 가서 만석 아닌 시간대의 버스표를 뒤늦게 현장에서 구매한 다음, 한참을 기다려야 한다. 눈이나 손이 불편해도 마찬가지일 터다. 버스 한 번 타기가 이렇게 어렵다.

기차도 별반 다르지 않다. 휴대폰 코레일 어플리케이션이나 홈페이지로 예약하면 기다릴 필요 없이 좋은 자리를 고를 수 있다. 그렇지만 어플리케이션 설치, 회원 가입, 본인 인증, 신용카드 혹은 휴대폰 결제를 할 수 없다면 역에 길게 줄을 서야 한다.

줄을 서는 것까지는 그렇다 치자. 문제는 휴대폰이나 신용카드가 없는 사람들이나 이런 어플리케이션을 능숙하게 이용할 수 없는 사람들은 현장에서 줄을 아무리 서도 애당초 서비스를 이용하기 어렵다는 점이다. 좋은 자리를 미리 고르는 것도 '온라인 쿠폰'으로 할인을 받는 것도 스마트폰을 능숙하게 쓸 줄 알아야 가능하다. 이것이 어려운 사람들은 어딜 가든 한참을 기다리거나, 더 높은 비용을 지불하거나, 남에게 부탁해야 한다. 기차역에서 어르신의 발권을 도와드린 적이 한두 번이 아니다. 표 한 장을 사려고 노인들이 생면부지의 젊은이에게 돈이나 신용카드나 개인 정보가 잔뜩 담긴 휴대폰을 건네며 부탁을 해야 하다니 너무하다는 생각을 하곤 했었다. 그런데 이제 심지어, 4천9백 원짜리 햄버거 세트도 그렇게 고생스럽게 사라니!

세상에는 몇 살이 되어서든 배우려고 노력해야 할 것도 있기는 하다. 그렇지만 햄버거 사기가 그런 배움의 노력을 기울여야 할 일일까? 새해 일출 보는 버스 한 번 타보기가 이렇게 힘든 것이 최첨단이니 편리함이니 하는 말로 적당히 포장할 수 있는 문제일까?

햄버거 사기가 어려우면 분식집에 가라고 할 일이 아니다. 터미널에서 하염없이 기다리라고 할 일이 아니다. 아예 어떤 서비스를 이용조차 하기 어려운 사람들이 늘어나는 변화는 결코 발전이 아니다. 효율과 첨단의 탈을 쓴 약자 배제일 뿐이다.

차가운 샌드위치 한입

설 연휴에 사람들이 꽤 많이 이동했다. 설은 한 해를 시작하는 큰 명절이기도 하고, 코로나 대유행이 장기화되자 여러 사정으로 '모이지 않기'가 오히려 쉽지 않은 사람들이 적지 않았다.

결혼 12년 차. 우리 집의 명절 준비도 순탄치 않았다. 친정에는 진작에 가지 않기로 했으나 시가가 문제였다. 얼굴을 보지 못한지 반년이 다 되어가니 설날에는 꼭 밥 한 끼 같이 하고 싶다는 어르신들의 바람이 가볍지 않았다.

효와 관습을 둘러싼 갈등은 당위나 관념으로는 좀처럼 해결되지 않는다. 누가 무엇을 해야 한다거나 이리저리 하면 안 된다고 말하기는 쉽지만, 사람 사이의 관계는 당위대로 흘러가지 않는다. 사람과 사람 사이의 일이 본래 그런 데다, 서로 무감(無感)하지 않고 사랑과 부담이 얽혀 있으면 더 어렵다.

세배를 하네 마네 어디서 하네 식사를 하네 마네 한참 말이 오갔다. 심지어 설날 당일까지도 결정이 되지 않았다. 부모님은 서운하시고 나는 마음이 상하고 남편은 내 눈치만 보다 연휴가 끝날 것 같았다. 결국 설날에 남편이 말하기를, 주말 아침에 시가에 가서 세배를 하고, 브런치로 간단히 샌드위치를 사다 먹기로 했단다.

딴에는 정리한 것 같다마는, 샌드위치라니? 내 안의 K-유교걸이 즉각 반발했다. 아예 아무것도 안 먹든가 차라리 지금이라도 서로 거리를 충분히 두고 명절 느낌이 나는 식사를 할 수 있는 음식점을 알아보든가 하지, 설날 아침에 샌드위치를 먹겠다고? 그 어정쩡한 타협안은 뭐야? 남편은 자기가 샌드위치를 샀다고 했다. 불안했지만 알았다고 했다. 그래, 네가 알아서 해봐라, 하는 심정이었다.

시가로 출발하기 직전에 일정이 또 바뀌었다. 샌드위치는 역시 아니라는 결론이 난 모양이었다. 나는 도리어 안심했다. 노부모와 넷이 둘러앉아 설음식으로 샌드위치를 먹는 것은 내 안의 유교걸이 용인할 수 없었기 때문이었다.

한복을 입고 시가에 가서 마스크를 쓰고 세배를 했다. 세뱃돈을 받았다. 어머님께서 휴대폰 메신저 알람이 밤에도 울려 잠에서 깬다고 하셨다. 나는 어머님의 휴대폰을 받아들고 알림을 꺼드렸다. 안 쓰시는 홈쇼핑 앱을 지우고 광고 알림 수백 개를 없앴다. 문자메시지와 메신저를 메인 화면으로 올렸다. 대한민국의 미래를 걱정하는 태극기와 성조기가 있는 각종 앱도 한 페이지에 깔끔하게 정리했다. 태극기 앱을 뒤로 밀어낸 자리에 팟캐스트 앱을 넣고, 요즈음 내가 진행하고 있는 EBS 팟캐스트 〈오래달리기〉에 구독과 좋아요를 눌렀다. 〈오래달리기〉가 훌륭한 방송이고 진행자가 정말 멋있다는 후기를 어머님 아이디로 쓰려는데, 부모님께서 이제 집에 가라고 하셨다. 나는 어머님의 손을 잡고 걸었다. 걸음이 꽤 자연스러워지신 어머님은 "소연이 너는 안 하려고 애를 쓰면서도 양반집에서 커서 잘해. 어쩔 수가 없어"라고 하셨다. 나는 그 말씀을 대강 칭찬으로 들으면서도, 양순하게 "네" 하지를 못하고 "저 안 하려고 애 안써요"라는 말을 굳이 보태며 어머님의 손을 잡은 내 손에 힘을 주었다. 코로나19만 아니라면 어머님을 안아드리고 싶었다.

저녁에는 문제의 샌드위치를 먹었다. 고작 식빵 두 장을 4등분한 샐러드 샌드위치였다. 몹시 차가워 계절에 맞지 않는 데다 어르신들은 드시기 힘들 제법 두껍게 썬 사과가 들어 있었다. 나는 남편을 가볍게 타박하고 샌드위치를 우걱우걱 씹으며, 복잡한 사랑과 유한한 시간이 주는 막연한 불안과 후회를, 결국 생각했다.

유치원의 볼모가 된 아이들

한국유치원총연합회(한유총)가 국정감사에서 불거진 정부 지원금 유용 문제와 이에 따른 관련법 개정 논의에 크게 반발했다. 며칠 전 자유한국당 홍문종 의원실과 한유총이 공동 개최한 토론회에서는 '사유 재산권 침해', '(유치원 비리 문제를 제기하는 학부모들은) 가짜 엄마들', '정부 지원금을 썼다고 탄압하는 것은 문제' 같은 발언이 난무했다. 내년에 아이를 보낼 유치원을 알아보고 있는 지인은 유치원 설명회에 갔더니 "사립 유치원을 비리 유치원으로 몰아 억울하다"는 말만 30분 넘게 하더라며 한숨을 쉬었다.

국가의 교육 공공성을 강화하려는 시도가 기존 질서와 충돌할 수 있다. 너무 성급한 입법이나 독단적인 정책이 진행되지 않도록 견제하는 것은 이익집단의 정당한 역할이기도 하다.

그러나 한유총은, 이 역할을 너무 못한다.

사립 유치원이 사유재산이니 규제를 받으면 안 된다는 주장은 거대 담론으로 문제의 본질을 가리려는 전형적인 시도다. 일단 현대사회에 전혀 규제를 받지 않는 사유재산이란 없다. 게다가 이번 사립 유치원 사태는 정부 지원금 유용에서 비롯된 것이다. 국가가 한유총의 지갑을 가져가려다가 생긴 일이 아니라, 한유총이 정부가 준 지갑에 든 유아 학비며 교사 처우 개선비, 학급 운영비 같은 돈을 목적 외 사용해서 생긴 일이다. 어떤 개혁을 해도 유치원 부지며 시설이 사유재산이라는 사실은 변하지 않는다. 더욱이 한유총은 사유재산권 침해를 주장하는 한편으로는 사립 유치원이 공립 유치원에 비해 지원을 못 받아―사실이 아니다―어렵다는 항의 집회도 했는데, 어느 장단에 맞추자는 것인지 알 수가 없다. 설마 국민이 낸 세금인 지원금은 양껏 받되 그 돈을 어디 쓰는지 밝히고 싶지 않다는 몰상식한 주장은 아니겠지 싶지만, 들으면 들을수록 달리 해석하기 어려워 당혹스럽다.

지금 우리나라에서 유치원에 다니고 있는 3~5세 아이들은 약 70만 명이다. 재직 중인 유치원 교원 수는 5만 명이 넘는다. 아이들의 부모와 전·현직 교원을 합하면, 유치원 교육에 날마다 직접 관련된 사람만 어림잡아 수백만 명인 셈이다.

이렇게 많은 사람들이 무지하여 좌파의 정치적 의도에 농락당하거나 사유재산제도라는 근본적 개념에 반대하여 유치원 개혁을 지지하는 것이 아니다. 이런저런 명목으로 5만 원, 10만 원씩 걷어가던 추가 학습비, 부실한 급식과 교구, 잦은 교원 이탈 등의 문제를 느꼈지만 반쯤은 교육자가 설마 하는 마음으로 믿고 반쯤은 내 아이가 인질인 마음으로 눈을 감았는데, 드러난 상황을 보니 문제가 커도 너무 커 이토록 사회적 공분을 사기에 이른 것이다.

여러 사람들이 문제의식을 공유하며 사회적 개선을 요구하는 것은 정치 의제화이지 정치적 탄압이 아니다. 국회에서 방하나 차지하고 국가가 날강도고 시장경제가 좌파에 승리할 것이라고 자기들끼리 부르짖고, 유치원을 폐원하여 아이들이 갈곳 없게 하겠다고 유아를 볼모로 잡아 협박하고, 유치원 설명회에 온 학부모들 앞에서 뜬금없이 울분을 토한다고 애당초 탄압이 아니었던 일이 탄압이 될 수 없다. 저토록 설득력도 문제의식도, 윤리도 품위도 없는 이들에게 우리 미래 세대를 맡겨온 현실이 기막힐 뿐이다.

이익집단이라면 이익을 제대로 주장해야 한다. 여론이 추동하는 개혁에는 당사자 집단이 먼저 밝히지 않으면 알기 어려운 허점이 있을 수 있다. 한번 개정하면 역진(逆進)이 어려운 입법은 특히 신중해야 한다. 유치원 교육에서 공공성 강화 개혁이 필요하다는 말은 지금까지 정부가 유치원 교육의 공공성 확보에 어느 정도 실패하였다는 뜻이기도 하다. 여기에는 사립 유치원의 잘못이라고만 보기 어려운 정책 실패도 있었을 것이다.

한유총은 관계 이익집단으로서, 그들이 그토록 즐겨 주장한 대로 유치원이라는 사유재산의 소유자로서, 또 어쩔 수 없이 사회의 핵심적인 교육 서비스 제공자로서, 최소한 상식적인 시민들이 함께 논의할 가치가 있는 주장으로 공론장에 참여해야 할 것이다.

요람에서 무덤까지

　최근 며칠, 유치원 학령 아동이 있는 가정들은 한바탕 난리를 겪었다. 한국유치원총연합회(한유총)이 연휴 직전에 유치원 집단 휴원 방침을 발표했기 때문이었다. 정부의 신속한 대책과 아이들을 볼모로 한다는 강력한 여론에 하루 만에 집단 휴원이 철회되기는 했지만, 월요일을 앞두고 연휴 내내 수많은 가정이 어려움과 혼란을 겪었다. 이번 집단 휴원 사태는 비교적 순탄히 봉합되었지만, 이런 일이 또다시 일어날 수 있다는 불안은 여전하다.

　한유총을 국가보조금을 유용하고 보육비를 횡령하는 집단으로 악마화하기는 쉽다. 그러나 이번 사태의 근본적인 원인은 복지 서비스의 민간 위탁이다. 보육이라는 중차대한 공적 서비스를 민간 영역이 담당하고, 그 결과 50여만 명에 달하는 어린이들이 국공립이 아니라 사립 유치원을 다닌 상황 자체가 문제다.

　우리나라는 지금까지 복지 서비스의 상당 부분을 민간에 의존해왔다. 우리나라의 복지 지출은 OECD 가입국 35개국 중 34위로 최하위다. 보육만이 아니다. 노령 인구가 증가하여 급속도로 늘어나고 있는 요양 병원을 비롯한 노인 돌봄도 마찬가지다. 우리나라는 노인 빈곤율 또한 OECD 가입국 중 가장 높은 수준인데, 노인복지도 사적 영역에 절대적으로 의존하고 있다. 자식이 부모를 봉양하려면 막대한 인적, 물적 자원을 소진해야 한다. 집에서 전담하여 노인을 보살필 사람이 없는 현실상, 많은 가정은 요양 보호사의 도움을 받거나 요양 병원 입소를 고민한다. 그리고 이 서비스는 대체로 사적 영역에서 제공된다. 요양 병원이나 노인 보호 센터는 늘어나고 있지만, 서비스의 질은 불안정하다. 보조금을 유용하거나 치매나 장애로 의사 표현이 어려운 입소자의 인권을 침해하거나 심지어 명단을 서로 팔아넘기는 사건도 잊을 만하면 일어난다.

　더 살펴보자면, 해마다 논란인 지하철 무료 승차도 결국은 같은 뿌리에서 나온 문제다. 노인복지는 국가가 담당하고 감당해야 하는 것인데, 이를 '지하철공사'라는 준민간 부문에 떠넘겼다. 지하철공사는 고령 무임승차로 인한 적자와 손실을 호소한다. 그때마다 대상 연령을 상향하자는 둥 출퇴근 시간 무임승차를 제한하자는 둥 말만 많다가, 결국 일하는 청년과 무료한 노인의 세대 간 갈등이라는 식으로 왜곡된다.

이는 애당초 지하철 무임승차가 대상 연령이나 시간의 문제가 아니기 때문이다. 교통 접근권은 국가가 평등하고 균일하게 제공해야 하는, 공적 영역에서 부담해야 하는 복지 서비스다. 전체 노인 인구 중 지하철이 있는 지역에 사는 노인 일부에게만, 지하철공사라는 기업을 경유하여 교통 복지를 제공하는 설계 자체가 잘못되었다. 사적 영역이 감당할 수 있는 수준을 넘는 복지 서비스 제공자 역할을 해온 결과다.

공적 영역, 특히 보육이나 요양처럼 약자를 대상으로 하고 대부분의 사회 구성원에게 영향을 미치는 복지 서비스를 민간에 의존하는 이상, 약자인 보호 대상자의 생명과 안전을 담보로 삼는 유사한 사건은 언제든 다시 발생할 수 있다.

우리나라의 복지가 민간에 의존하게 된 것은 우리나라의 근현대사에서 경제 발전보다 복지 지출의 우선순위가 낮은 탓도 있고, 사적 영역이 복지 서비스를 이미 담당하게 된 다음부터는 이를 다시 국가의 역할로 회수하기가 쉽지 않은 탓도 있었을 것이다. 지금까지 민간 주체들이 여러 복지 서비스를 제공하며 확보한 경험과 전문성도 무시할 수 없다.

그러나 복지는 사적 영역의 선의가 아니라 공적 영역의 체계에 의해 제공되어야 한다. 우리나라의 합계출산율은 1 미만으로 세계 최저 수준이고, 총인구 대비 노인 인구도 매년 1퍼센트 이상 증가하고 있다. 이렇게 총인구 대비 복지 서비스 필요 인구의 비율이 높은 사회의 복지를 언제까지나 민간에 의존할 수는 없다. 요람에서 무덤까지, 복지 서비스를 둘러싼 갈등은 결국 민간 의존적인 기형적 구조에서 발생한다. 민간에 대한 감시 비용을 높이기보다는, 복지 서비스를 공적 영역으로 흡수해야 할 때가 되었다. 이제 국가가 나서야 한다.

보이지 않는 아이들

아기가 운다. 탑승했을 때부터 예상했던 일이다. 불편하다. 보호자에게 매달려 서럽게 우는 아기의 울음소리가 불편한 것이 아니다. 아기가 탑승한 것을 발견한 순간부터 흘끔거린 사람들이 불편하다. 아기가 큰 소리를 딱 내자마자, 애가 있으니 저럴 줄 알았다는 듯이 큼큼 괜히 목청 가다듬는 사람들이 불편하다. 주변을 살피며 몇 번이고 아기를 조용히 시키려 애쓰는 보호자와, 이 가차 없음이 허용되는 세상이 불편하다.

한국은 아이들에게 대단히 적대적이다. 출생률 저하니 인구절벽이니 한다. 학교 밀집 지역이나 대규모 주거 단지가 아니면 아이들을 보는 것 자체도 쉽지 않다. 아이가 줄어서 그렇다고들 한다.

그러나 이것이 정말, 단지 아이들의 수가 줄었기 때문일까?

우리나라의 14세 미만 인구는 670만 명이다. 65세 이상 인구는 7백만 명이다. 양쪽 다 활동력에 어느 정도 제한이 있는 연령대라는 점까지 아울러 고려하면, 적어도 노인이 보이는 만큼 어린이도 보여야 자연스럽다.

우리나라의 공공장소에는 기이할 만큼 상대적으로 아이들이 없다. 이는 우리 사회가 아이들에게 적대적인 것과 결코 무관하지 않다. 아이들은 원래 시끄럽다. 필요한 것을 말로 표현하는 법, 성량을 조절하는 법 등은 아이들이 할 줄 아는 것이 아니라 배워나가는 것이다. 누구에게나 처음이 존재하고, 더욱이 이 모든 과제는 한 번에 익힐 수 없는 것이다. 어떤 사람들은 평생 못 배우기도 하는 어려운 과제다. 소위 공룡 소리를 포함한 아이들의 시끄러움은 성장 중인 생명이 갖는 속성이지, 그들이 야기하는 피해가 아니다.

아이들은 성인보다 작고 약하다. 우리나라에는 무장애 혹은 배리어프리barrier-free 시설물이 많지 않다. 표준 신장과 체구의 성인이라면 쉽게 사용할 수 있지만 그 기준에 조금만 어긋나도 이용하기가 상당히 불편한 시설이 아주 많다. 너무 높거나 너무 크거나 너무 넓다. 층계가 너무 높다. 버튼이 너무 멀다. 손잡이에 손이 닿지 않는다. 시설을 이동하기 위해 걸어야 하는 거리가 아동의 체력에 비해 너무 길다. 신호가 너무 짧다. 당장 버스나 기차에 있는 단 두 칸의 계단도 혼자 힘으로 오르

내릴 수 없는 높이다.

이처럼 모든 시설이 비장애 성인에게 맞추어져 있는 세상에서, 아이들이 느리게 움직이거나 길을 막거나 힘들어하거나 헤매는 것은 지극히 당연하다. 그러지 않도록 편의 시설을 만드는 것도 대단한 호혜가 아니라 국가와 사회의 역할이다. 시설이 정비되면 모두에게 좋겠지만, 하드웨어를 아직 다 마련하지 못했다면 소프트웨어인 사람들이, 특히 성인이 일단 더 신경을 써야 한다. 나보다 더 약하고 작고 이용을 어려워하고 다치기 쉬운 사람들과 함께 살고 있다는 점을 염두에 두어야 한다.

나는 요전에 9호선 고속 터미널역에서 보호자 없이 지하철을 탄 초등학생을 만난 적이 있다. 아이는 어른들에게 완전히 파묻혀 머리도 제대로 보이지 않았다. 억지로 몸을 밀어 길을 내어주는 어른도 자리를 양보하는 사람도 없었다. 그것은 끔찍한 광경이었다. 이것이 얼마나 끔찍한지 아는 사회가 되어야 한다.

한번 외출할 때마다 수많은 적대적인 시선을 만나며 불편하게 다녀야 한다면, 당연히 밖에 잘 나오지 못하게 된다. 지금 우리가 아이들을 자주 보지 못하는 것은 지체장애인을 길에서 자주 보지 못하는 것과 어느 정도 맥을 같이한다.

마지막으로, 아이를 귀여워하는 것과 아이를 존중하는 것은 다르다. 아이는 사람이다. 아이는 작고 아직 자라는 중이고 보건, 위생, 건강의 모든 면에서 보호를 필요로 하는 약한 '사람'이다. 다른 '사람'을 함부로 만지면 안 된다. 아이나 아이의 보호자가 낯선 어른의 일방적인 호의나 접근을 거부한다고 불쾌해해서도 안 된다. 아이들이나 보호자에게는 성인의 접근이나 호의에 응답할 의무가 없다. 귀여워하기보다는 존중해야 한다. 예뻐하기보다는 친절해야 한다. 사람이 사람에게 하듯이, 조심해야 한다.

헬로, 마이 디어 스콜라

수요일 밤. 페이스북 메신저가 깜박거렸다. 월요일부터 사흘간 진행된 베트남 대입 시험이 끝난 것이다. 원래 있던 아이들에 더해, 그동안 시험공부를 하느라 바빴던 장학생들이 돌아왔다.

나는 우리나라, 베트남, 캄보디아에서 작은 장학 사업을 하고 있다. 내가 벌고 쓰는 1인 순환 체계다. 장학 재단 규모는 못 되지만, 비서가 연간 예산서며 사업 계획을 정리해준 덕분에 대충 모양새를 갖추고는 있다. 가장 큰 프로젝트는 여학생 대상 고등교육 지원 사업이다.

베트남에는 장학생이 여섯 명 있다. 지방 고등학교에서 성적 우수 여학생들을 선발해 용돈부터 대학 등록금까지 지원한다. 두 명이 올해 처음 대입시험을 쳤다. 한 장학생은 영어를 아주 잘한다. 고양이 세 마리와 살고 있다. 다른 한 학생은 문학소녀다. 글을 잘 쓰기로 학교에서 유명하다고 한다. 그러나 문학소녀는 영어를 잘 못 하고 한국의 소설가 언니는 베트남어를 못 한다. 문학소녀와 소설가가 만났지만, 처음에 몇 번 누가 살아 있고 누가 죽었는지 헷갈린 다음부터 우리는 구글 번역기가 헷갈리지 않게 단문만 쓰고 있다.

　고양이 친구의 어머니는 장애인이다. 생활비를 벌기 위해 근처 농장에서 풀 베는 일을 한다. 문학소녀의 어머니는 거동이 어려운 고엽제 피해 2세대라 집에서 개와 고양이, 닭을 키워 판다. 둘 다, 꼭 어머니의 은혜에 보답하기 위해 열심히 공부한다고 한다. 나는 둘 다, 꼭 하노이 같은 대도시의 대학에 진학시키고 싶다. 어머니의 은혜와는 조금 다른 이유에서.
　캄보디아에는 대학생 장학생이 네 명 있다. 캄보디아는 식자들이 학살당한 경험 때문에 지방으로 갈수록 교육에 대한 막연한 공포가 크다. 나는 일부러 지방대 학생들을 지원하고 있는데, 가사를 돕고 부모를 봉양하면서 학교도 다닐 수 있어 여학생 비중이 높기 때문이다. 대학을 졸업하면 비교적 초봉이 높은 직업을 구할 가능성이 높지만, 그 장래에 대한 기대가 당장 집 안에서 돌봄을 맡고 있는 딸을 학비를 들여가며 내보낼 정도는 아닌 집들이 있다. 나는 그 딸들의 학비를 댄다.

시스템이 불완전한 나라에서는 돈이 끝없이 든다. GDP가 낮은 나라라 해도 대학 등록금은 저렴하지 않고, 부동산은 0을 잘못 세었나 싶을 만큼 비싸다. 얼마 전에는 캄보디아 장학생들을 위한 기숙사를 빌렸는데, 기숙사로 쓸 건물을 사려면 서울에 오피스텔 하나를 살 돈이 있어야 했다. 그만한 돈이 없어 집을 하나 빌려 기숙사로 삼기로 했다. 그것도 상당히 무리였다. 그래도 기숙사를 마련한 것은 장학생들의 학업 성취도가 낮았기 때문이다. 학교에서 수업을 들어봤자 그다음에 땡볕에 20킬로미터를 귀가한 다음 살림을 하고 연로하거나 장애가 있는 부모나 여섯 동생이나 조카를 돌보고 나면 공부할 시간이 없다. 다른 학생들이 함께 모여 공부할 시간에 내 장학생들은 집에 가야 했다.

그래도 장학생들은 부모에 효도하고 은혜를 갚겠다고 한다. 나는 그 효성에 말을 보태는 대신 캄보디아인 활동가에게 부탁했다. "기숙사로 쓸 건물을 구해줘. 최대한 대학 근처에. 부모는 그다음에 설득하자." 우리는 집을 구했고, 7월에 기숙사를 연다.

나는 장학생들의 미래를 대강 짐작하고 있다. 착한 딸들이다. 아마 내가 준 생활 지원금도 봉투째 집에 가져갔겠지. 나는 학업 중단의 위험을 막으려 학비를 학교로 직접 보내고 있다. 이들은 아마 취업하는 대로 부모에게 돈을 보낼 것이다. 그러다 결혼을 하고 아이를 낳고, 퇴직을 하거나 가사와 병행할 수 있는 일을 구할 것이다. 이 반짝이는 여학생들은 그렇게 사회에서 희미해져가리라. 그래도, 그래도 이 아이들은 집안의 유일한 대졸자가 될 것이다. 평생 집에 머무르며 개를 팔거나 야자나무 잎을 엮지는 않을 것이다. 나는 그 모든 과정을 마치 지금 일어나는 일처럼 눈앞에 그릴 수 있으면서도, 깜박이는 메신저 창을 하나하나 열고 그 삶 바깥에서 말을 건다. 헬로, 마이 디어 스콜라.

이 화면 속 세계는 남초

볼만한 영상을 찾아 스트리밍 사이트의 목록을 훑는다. 새로고침을 할 때마다 '시원한 여름을 위한 공포 특집', '혼밥족을 위한 드라마' 같은 분류명이 붙은 포스터 목록이 나타난다. 여기도 남자, 저기도 남자, 여기는, 어디 보자, 남자 다섯에 여자 하나…… 몇 번이나 화면을 다시 당겨보다가, 결국 포스터에 남자만 있어도 장르상 납득은 된다 싶은 선협물을 고른다. 은거하면서 음악으로 마음을 나누며 산다는 노인이 네 명 등장난다. 남자 셋에 여자 하나다. 심지어 남자1은 현을 타고 남자2는 무공이 높고 남자3은 높은 벼슬을 했고 어쩌고인데, 여자1은 남자1의 아내란다. 이 조연 네 명은 2화만에 습격을 받고 사라졌지만, 개운치 않은 마음은 남는다.

성비가 맞지 않는 콘텐츠는 더 이상 즐겁지 않다.

의식해서 추구한 변화가 아니다. 소비자 운동적인 행동도 아니다. 재미있는 것은 보고 재미없는 것은 피하다가 어느 순간 깨달았다. 전체 등장인물들의 생물학적 성비가 맞지 않는 영화나 드라마, 남자들끼리 진행하는 예능 프로그램은 재미가 없다. 시사나 교양 프로그램도 진행자의 성 역할이 지나치게 구습적이면—남자는 설명을 하고 여자는 추임새를 넣는다든가—내용이 아무리 알차도 그 전달자의 성별 편향성이 거북해 어쩐지 보다 말게 된다. 소비자 운동이 아니기 때문인지 남자가 많아도 설정을 나름 납득하면 여전히 재미있게 보기는 한다. 그래서 요즈음은 선협물이나 역사물만 계속 보고 있는데, 콘텐츠가 만들어지는 속도보다 내가 향유하는 속도가 빠른 이상 이 그릇은 금새 바닥을 드러낼 터다. 아니면 내가 무공을 쌓는 남자들'만' 보는 것에도 질려버리거나.

성별 반전을 기대하는 것이 아니다. 사회적 성 역할에 대한 대단한 도전을 바라는 것도 아니다. 그저 콘텐츠 안 세계에 언제나 남자가 더 많은 것이 피곤하다. 콘텐츠에서 표현되는 성비가 실제 사회 인구의 구성 성비가 아니라 사회 내 성별이 갖는 '발언권'의 비율인가 싶을 때에는 거북해진다.

적은 수의 여성 캐릭터에 여러 특징을 몰아넣다 보니 여성 캐릭터의 완성도나 일관성이 대체로 남성 캐릭터보다 부족한 경향이 있는데, 이것도 재미를 크게 떨어뜨린다. 하나의 드라마에 나오는 남자 세 명이 각자 일 잘하는 사람, 밥투정하는 사람, 가족에게 냉정한 사람이라는 캐릭터를 여유롭게 구축하는 사이에 여자 한 명이 혼자 일 못하고 밥 잘 먹고 가족을 너무나 사랑하는 사람인 식이다. 잘 조형된 남성 캐릭터와 과중한 설정을 짊어지고 있지만 나와 지정 성별은 같은 여성 캐릭터 사이에서 몰입하지 못하다가 어영부영 아예 시청을 그만둔다. 어째서 이렇게까지 남자가 더 많을까? 다섯 명이 있으면 남자가 세 명, 여자가 두 명. 열 명이 있으면, 현실에서 소위 여초 직군이 배경이라도 반 이상이 남자.

영상 콘텐츠를 볼 때마다 '지금부터 이 화면 속 세계는 남초'라는 지극히 비현실적인 설정을 받아들여야 한다. 딱히 여자가 몰살당했다거나 성별 취업제한이 있다는 가정이나 설명도 없이 대충, 안이하고도 집요하게, 아무 장면에서나 남자가 더 많다.

잠깐, 이건 그냥 설정 구멍이잖아. 생각해보니, 이렇게 커다란 설정 구멍을 알아서 메우며 봐야 하는 콘텐츠들이 재미없는 것은, 너무나 당연한 일이다. 그래, 그렇구나. 덜 만든 작품들이었구나.

페미니스트가 아니한 자

　한 편의점이 '페미니스트가 아니한 자'를 찾는 채용 공고를 게시했다. 공고는 삭제되었지만, 이와 같은 차별은 끝이 없다. 많은 사람들이 애써 분노하고, 잘못을 지적하고, 민원을 넣고, '물의를 일으켜 송구하다'는 뒤끝 나쁜 결과를 본다. 차별은 잘못이 아니라 '논란'으로 남고, 이 일을 잊기도 전에 다음 차별 사건이 또 발생한다. 또 분노하고 잘못을 지적하고, 이도 저도 아닌 결과를 본다.

　이래서 차별금지법이 필요하다.

　국회 앞에서 차별금지법 제정을 촉구하는 플래카드를 펼치고 찬바람을 맞다 몸싸움에 밀려났던 게 2017년이었던가? 2016년이었던가? 2007년이었을지도 모른다. 인권 조례에서 성소수자 인권이라는 말을 지키기 위해 자리를 깔고, 콘센트가 있는 기둥에 옹기종기 모여 앉아 있었던 것은 2018년이었나? 2019년이었나? 소위 보수 개신교 언론의 카메라 앞에서 차별금지법 제정은 UN의 권고 사항이라는 토론회를 했던 건 언제였더라? '차별금지법 반대 세력'에 막혀 건물에서 나가지 못했던 건 또 언제였지? 5년 전? 10년 전? 매번 말하고 매번 다시 밀려났던 이 모든 자리들. 내가 있었던 날도 있고 당신이 있었던 날도 있었던 날들.

이 과정이 반복되는 동안 우리 사회는 그저 차별금지법이 없는 나라가 아니었다. 차별을 금지하지 않는다는 결과를 학습한 나라가 되었다. 이 '배움'은 사회 곳곳에 뿌리를 내리고 채용 공고부터 개인 간의 연애까지, 곳곳에 혐오와 차별의 가지를 뻗었다. 사람을 차별해도 처벌받지 않는다. 차별은 논란의 여지가 있는 말이다. 페미니즘도 논란의 여지가 있는 사상이다. 인권 개념이 남용되고 있다. 페미니즘은 원하는 직원을 채용할 자유를 박탈한다. 인권 감수성은 무슨 말을 못 하게 한다. 평등은 불공정하다. 채용 공고에서, 면접에서, 언론 보도에서, 시민 인터뷰에서, 온라인상의 수많은 글에서, 지나가는 사람들이 하는 대화에서 이런 말들이 반복된다. 보이고 들린다.

차별금지법의 부재는 소수자의 인권을 그저 추상적으로 외면하는 상태가 아니다. 차별적인 말, 결정, 행동이 모두 '해도 되는 일'의 범주에 있고, 그 결과 구체적인 차별이 일상적으로 발생하는 상태다. 제도로 쉽게 저지할 수 있는 차별에 개인이 저항해야 한다. 화장 좀 하고 다니라는 말을 들은 개인이 "업무와 무관하니 안 하겠다"고 목소리 내어 싸우거나, 저렴한 화장품을 찾거나, 조용히 다른 일자리 공고를 들여다보는 선택지 사이에서 방황한다. 차별 발언을 들을 때마다 지적을 할지 참고 넘어갈지 매번 고민한다.

모든 인간은 존엄하고 차별받아서는 안 된다. 이것은 한 개인이 평생, 일상 속에서 계속 싸워 관철할 수 있는 신념이 아니다. 사회가 세워 가져야 하는 기준이다. '논란'과 반복을 끝내고, 차별금지법을 제정하자.

미투 가해자가 되지 않는 법

'미투Me Too'라는 말. 미투란 본래 할리우드 영화제작자 하비 와인스타인의 성폭력 가해 폭로에서 시작된 성폭력, 특히 권력형 성폭력 문제를 공론화한 운동의 용어다.

그러나 어느덧 미투라는 표현이 운동적 의미를 넘어 생활 전반에 점점 흔히 쓰이고 있는 것 같다. '성폭력 가해 지목자' 보다는 '미투 가해자' 같은 말이 온건하게 느껴지기 때문이 아닐까 싶다. 외국어라 덜 공격적으로 느껴지기도 하고, 신조어 특유의 유연성 때문에 정확히 무슨 문제를 어느 정도의 강도로 제기하고 있는지 모호해진다는 점도 있다. "지금 그 말씀은 언어적 성폭력입니다"라는 말에는 정색하고 문제를 제기하는 진심이 그대로 실려 있지만, "어휴, 그런 말씀 하시다가 미투 당해요"라고 하면 약간 애매해진다. 물론 당신이 이 말을 들은 적이 있다면, 그 말은 '당신은 지금 성희롱 발언을 했으니 지금부터라도 언행을 조심하시라'는 뜻이지 딱히 다른 좋은 의미는 없다.

여기서 한층 나아가, "이러다가 나 미투 당하는 것 아니냐"는 말을 농담처럼 하는 사람들에 대한 이야기까지 들려온다. "내가 방금 한 말은 성추행이다"라는 말은 어지간한 상식인이라면 하지 않을 텐데 말이다. "미투 당하는 것 아니냐"는 말은 아마도 '내가 어떤 문제적 발언을 한 것 같은데 정확히 무슨 잘못을 했는지 모르겠고 나도 일단 문제가 있다고 느끼기는 했으니 넘어가자'는 정도의 신호인 것 같다.

애당초 문제될 일을 하지 않는 것이 상책이다. 그렇지만 무엇을 조심해야 할지 모르겠다는 분들도 있다. 이제는 무슨 말을 못 하겠다며 걱정이신 분들도 만난다. 그래서 유의 사항을 정리해보았다. 만약 당신이 연장자이고 모임의 식사 메뉴 결정권 정도라도 갖고 있다면, 혹은 성별에 한하는 문제는 아니지만 아무래도 이성 간이라면 아래 세 가지를 염두에 두면 좋을 것이다.

첫째, 당신의 농담은 재미가 없다. 다른 사람에게 즐거움을 주는 것은 상당한 고급 기술이다. 오락과 예기(藝妓)는 역사적으로도 전문가의 영역이었다. 더욱이 세대와 성별이 다른 사람들 사이에는 애당초 즐거움이라는 감정을 공유할 기반 자체가 넓지 않다. 당신의 말을 들은 사람이 웃었다면, 당신의 말이 재미있었을 가능성보다 청자가 예의 바른 사람일 가능성이 훨씬 높다. 아니면 당신을 아주 좋아하거나(사랑하는 가족 정도에만 해당하는 소리다). 이 현실을 인정하고 농담을 덜 하는 편이 안전하다. 농담도 못 하냐고? 단언컨대, 재미없는 농담을 하는 사람보다는 농담을 하지 않는 사람이 낫다. 본인에게만 재미있는 농담은 농담이라고 보기 어렵고, 상당히 많은 농담이 성차별적이다.

둘째, 반말은 친근함의 표시가 아니다. 나는 얼마 전에도 강남의 어느 특급 호텔 라운지에서 직원에게 반말로 수작을 거는 어르신을 보았다. 서비스업 종사자는 당신과 친하지 않다. 길에서 만난 젊은이는 당신과 친하지 않다. 택시에 탄 승객은 당신과 친하지 않다. 지하철 옆자리에 앉은 학생은 당신과 친하지 않다. 이 모든 사람들은 당신과 대등한 타인이다. 당신이 당신에게 반말을 할 수 없는 사람, 초면인 사람, 당신의 허락을 구해야 하는 사람에게 먼저 다짜고짜 반말만 하지 않아도 관계가 개선될 것이고, 반말을 했을 경우보다 훨씬 더 원만한 관계를 형성할 수 있을 것이다.

셋째, '아가씨'는 정확한 호칭이 아니다. 이 표현은 대부분의 경우 더 정확한 표현으로 대체될 수 있다. 예를 들어, 매장의 점원에게는 점원이라고 하면 된다. 왜 아가씨나 학생이라고 하나. 손님에게는 손님이라고 하면 된다. 나에게 무언가를 가르치는 사람에게는 선생님이라고 하면 된다. 도저히 이 모든 말이 입에 붙지 않는다면 차라리 '저기요'가 낫다. 잘 모르는 사이라면 연령과 성별로 어림짐작한 호칭을 사용하지 않는 편이 좋다.

이제 우리 사회는 미투 이전으로 돌아갈 수 없다. 그리고 한쪽이 억지로 웃지 않는 건강한 관계는, 경험해보면 꽤 멋질 것이다.

그냥 문득 사랑하는

고양이들이 저녁에 눕는 자리를 옮겼다. 얼마 전까지 담요를 씌운 작은 의자를 쓰던 첫째는 캣타워 높은 곳, 에어컨 바람이 잘 드는 칸에 누웠다. 지난달까지 폭신폭신한 해먹에 몸을 말고 자던 둘째는 이제 베란다 타일 위에 철퍼덕 누워 머리만 집 안으로 내밀고 있다. 장판보다는 타일이 시원할 터다.

고양이들과 함께 산 지 벌써 여러 해가 지났다. 2013년 가리봉동에서 태어난 첫째, 커크는 어느새 여덟 살이다. 사람이라면 지천명일 나이다. 원래도 똑똑했는데, 요즘은 정말로 세상사를 좀 아는 표정을 짓곤 한다. 2017년 연남동에서 태어난 둘째, 스팍도 어느새 네 살이다. 고양이가 네 살이면 어느 모로 보아도 다 자란 나이인 데다 몸집도 크지만, 하는 행동은 아직 새끼고양이 같다. 아침마다 오빠(동거인)의 뱃살에 열심히 꾹꾹이를 하고, 사료통 여는 소리에 경중경중 뛰어온다.

커크를 처음 데려왔을 때, 나와 동거인은 이 암컷 고양이의 언니와 오빠가 되기로 했다. 인간을 동물의 엄마, 아빠라고 부르는 것은 아무래도 이상하다고 생각했기 때문이다. 수컷인 스팍을 데려오며 '족보'가 엉켰다. 우리는 스팍에게도 언니와 오빠가 되기로 했다. 커크는 스팍의 고양이 누나, 나는 인간 언니, 남편은 인간 오빠다. 인간한테 고양이 자식이 있는 것이 이상하다면 고양이 동생이 있는 것도 그 못잖게 이상한데, 거기까지는 미처 생각을 못 했다.

고양이들에게는 습관이 있다. 커크는 해가 저물면 잠자리를 세 번 옮긴다. 저녁에는 소파 위에 있다가, 밤에는 침대 위로 올라온다. 꼭 오른쪽에 자리를 잡는다. 깊은 밤에는 우리 모르게 캣타워로 갔다가, 남편이 아침 식사를 준비하기 시작하면 다시 침대 위로 폴짝 뛰어 올라와 내 옆에 눕는다. 스팍은 창틀 사이를 좋아한다. 부엌이나 서재의 창틀에 앉아 햇살을 받으며 졸기도 하고, 아무것도 없는 이중창 사이를 경중경중 신나게 뛰어다니기도 한다. 스팍은 발이 하얀 턱시도 고양이인데, 먼지가 앉은 방충망에 몸을 꼭 붙이고 앉다 보니 자꾸 발이 꼬질꼬질해진다. 커크는 부엌 구석 찬장을 안가(安家)로 쓰고 있는데, 찬장 안에 있던 그릇 상자를 몇 년 동안 꾸준히, 모조리 뜯었다. 찬장을 열면 종이 상자 조각과 털 뭉치가 풀풀 날린다. 계절마다 즐겨 앉는 자리가 바뀌고, 일어나는 시간이 다르다.

고양이의 습관을 따라 인간의 삶에도 습관이 생겼다. 침대 흔들리는 감각에 잠을 깬다. 털투성이인 이불을 걷고 일어나자마자 고양이의 눈을 들여다보고 눈곱을 뗀다. 낮에 숨을 참고 화장실 모래를 치운다. 퇴근하자마자 밥그릇을 확인하고 일부러 차르르 소리가 나게 사료를 붓는다. 주말이면 고양이 발톱깎이를 들고 눈치 게임을 한다. 잠든 고양이 아래에 손을 슬쩍 집어넣고 그 온기를 느낀다.

고양이들과 눈이 마주치면 나는 꼭 손가락을 내민다. 손가락을 본 고양이가 손을 핥아주거나 이마를 부딪혀오면, 나는 얼굴을 바짝 들이밀고 "사랑해. 우리랑 살아줘서 고마워" 하고 말한다. 아주 오랫동안 이렇게 넷이 살아온 것처럼 느껴질 때에도, 추억과 습관만 남을 날이 두려울 때에도. 언제나 그냥 문득 고맙고, 그냥 문득 사랑한다. 그러면 고양이는 가끔은 까끌한 혀로 내 얼굴을 핥고, 그보다 더 자주, 벌떡 일어나 다른 곳으로 간다. 그저 한 발짝 옆으로.

아무 사이도 아닌 사이

인터넷에서 '원수한테라도 생리대는 빌려준다'는 말을 보았다. 생리대 무상 배포 정책으로 설왕설래가 있던 중, 여성 동지에게 생리대를 안 빌려주는 사람은 없으리라는 맥락이었다.

저 문장을 보고 떠오른 일이 있다. 나는 고등학생 때 집단 따돌림을 당했었다. 따돌림을 당하면 교실이라는 공간을 시선과 거리를 중심으로 재해석하게 된다. 간단한 예로, 나는 맨 뒷자리나 맨 앞자리를 절대적으로 선호했다. 맨 뒷자리는 뒷문으로 들어가 바로 자기 자리에 앉으면 되어 부담이 적다. 맨 앞자리는 뒤에서 누가 나에 대한 말을 해도 누구인지 알 수 없고, 잘 들리지 않으며, 정면의 선생님과 칠판만 보면 되어 시선 처리가 수월하다. 양쪽 다, 자기 얘기를 하니 내가 째려봤다느니 하는 뒷말을 들을 위험도 적다. 우리 반은 매달 자리를 바꿨는데, 나는 맨 앞줄이나 맨 뒷줄을 사수하기 위해 상당히 노력했다.

생리대 얘기로 돌아가, 여학생 반에는 "생리대 있는 사람 나 하나만 빌려줘"라고 말하는 학생도 심심찮게 있다. 어느 날, 한 친구가 내가 맨 뒤에 앉아 있던 줄 앞에서부터 시작해 좌우로 "생리대 있어?"를 물어보기 시작했다. 나는 가방에 손을 넣어 생리대를 찾았다. 내 앞까지 아무도 여분 생리대를 갖고 있지 않았다. 그 친구는 나를 그냥 지나치지 않고, 내게도 생리대가 있는지 물어보았다. 그다음은 잘 기억이 나지 않는다. 아마 그 친구에게 생리대를 빌려주었겠지. 가방 속을 더듬어 생리대가 있는 것을 확인하고, 혹시 나한테도 물어봐주면 바로 빌려줘야지 하고 꼭 쥐고 있었던 데까지만 생각이 난다.

그날 나는 집에 돌아가, 어머니에게 "개가 나한테도 생리대가 있는지 물어봐줘서 너무 고마웠다"고 말했다. 어머니는 생리대를 빌린 것도 아니고 남한테 빌려준 일을 기뻐하는 내가 가엾어 나중에 많이 우셨다고 한다. 사실 나는 어머니에게 이 일을 말한 기억도 없다.

그러나 아무도 내 이름을 부르지 않던 교실에서 내가 사람으로 인지된 드문 순간들이 있었다. 그리고 그 순간들이 주던, 인공호흡을 받은 것 같던 안도감만은 지금까지도 선명하다. 누가 인사라도 해주면 나도 인사하는 사람이 되겠다고 다짐하며 집에서 이불을 덮어쓰고 몇 시간을 울던 때였다. 무엇이든 고마웠고 무엇에든 안도했다. 그러니 심지어 생리대를 빌려달라는 '콘텐츠'까지 있는 말을 들었다면, 그날 나는 분명 무척 기뻐하고, 안도하고, 아마 다른 날보다 조금 더 행복했을 것이고, 귀가해서는 오늘은 학교에서 좋은 일이 있었노라고 어머니에게 말했을 것이다.

나는 내가 앉은 줄에서 생리대를 찾던 학생1과 원수 사이가 아니었다. 우리에게는, 혹은 그때의 나에게는 '사이'라는 말을 붙일 만한 관계가 없었다. 그러나 원수 사이라도 생리대는 빌려줄 수 있다는 말을 보면, 어쩐지 그때의 그 중형 생리대의 비닐 포장과 손등에 쓸리던 가방 안감의 감촉이, 그리고 교실 맨 뒷줄에 앉아 저 아무 사이도 아닌 사람이 나를 그냥 지나칠까 봐 초조해하는 열여섯 살 여자아이의 모습이 마치 남 일처럼, 그래도 충분히 선명하게, 떠오르고야 마는 것이다.

위법이 아닌 낭만으로

설 즈음, 오랜 친구가 밤에 불쑥 전화를 했다. "방 청소를 하다 초등학교 6학년 때 문집을 발견했는데, 네가 아주 변태같은 글을 써놔서 네 생각이 났다"는 전화였다. 그렇다. 그는 나의 좁은 인간관계에서 악우(惡友)라는 농이 어울리는 귀한 친구다. 나는 또 나대로 그 말에 흥미가 동해, 문집 사진을 찍어 보내달라고 했다.

그는 얼마 후, 정말 문집에서 내 글을 찍어 문자로 보내주었다. '여름의 대삼각형'(여름의 북반구 밤하늘에서 쉽게 볼 수 있는 밝은 별 세 개가 이루는 삼각형)이라 일컫는 베가, 데네브, 알타이르에 대한, 조금도 귀엽지 않을 뿐 아니라 그리스 문자까지 병기한 다소 장황한 설명이었다. 그는 사진을 보내며 중학교 2학년도 아니고 초등학교 6학년이 학교 문집에 무슨 이런 글을 쓰냐, 너는 역시 그때부터 변태였다며 낄낄 웃었고, 나는 읽어보고 "ㅎㅎ 나 같은 글이네"라고 했다.

우리는 연락을 한 김에 약속을 잡았다. 토요일, 여의도였다. 나는 그가 약속한 칼국숫집 앞에 나타나자마자 "야, 현금, 현금 천 원 있어?"라고 물었다. 현금 천 원을 내면 주차권과 5백 원을 거슬러주는 칼국숫집이었기 때문이다. 그는 "야, 우리가 지금 몇 년 만에 보는데 맨 처음 하는 말이 그거냐"라고 한숨을 쉬더니, 다급하고 진지한 내 표정을 보고는 "뻥 뜯냐" 하고 덧붙이고는, 있으니 걱정 말라고 했다. 나는 그제야 안심하고 칼국수를 먹었다. 만두도 먹었다. 맛있었다.

식후에는 근처 카페에 갔다. 그는 마산에 다녀온 이야기를 했다. 마산은 우리의 고향이다. 그는 고등학생 때부터 단골인 칵테일 바가 여전히 마산에 있어 본가에 갈 때마다 들르는데, 이번에는 마침 밴드 공연 뒤풀이를 하던 단체객이 있었고, 정신을 차려보니 어느덧 자기도 그 속에 섞여 노래를 부르고 있었더란다.

"요새는 별로 안 남은, LP판 잔뜩 있고 주인 취향인 음악 들으면서 천천히 칵테일 한잔 마실 수 있는 빈티지한 느낌의…… 뭔지 알지? 마산에 그런 데가 있었어. 댓거리에 가면 그 뒤쪽 무슨 가게 2층에 소주 파는 데가 있었거든. 친구들하고 거기에도 몇 번 몰려가긴 했는데, 그런 술집은 좀 마음에도 안 들고, 소주는 정말 맛도 없고. 그래서 그 바를 찾은 다음부터는 여기 다녔지. 고등학생이, 크흐, 그런 칵테일 바에. 그러다가 지금까지 단골이 됐어."

그는 여기까지 말하고 나를 보았다. 나는 적절한 반응을 해야 하는 타이밍인 것 같아 잠시 고민했다.

"고등학생이 그런 칵테일 바에 가서. 하하." 그가 힌트를 줬다. "음, 엄밀히 말하면 위법이지." 내가 말했다. 그가 기막힌 표정을 짓더니 고개를 절레절레 흔들었다.

"야, 정소연! 위법이라니! 내 말은, 낭만이 있었다고, 낭만이."

나는 미성년 음주는 아무래도 위법행위라고 생각했지만, 진심으로 충격을 받은 듯 '위법, 위법이라' 하고 중얼거리는 그를 보며 미안해졌다. 기억을 더듬어보니, 그는 나를 레코드 가게에 데려가고, 나에게 퀸 앨범을 처음 선물하고, 프레디 머큐리를 알려준 친구였다. 그렇구나. 낭만이구나. 혼자서는 가질 수 없었을 기억을 나누어 받았다는 깨달음에, 문득 아주 조금, 눈물이 날 것 같았다.

잠옷 입은 소녀들

쉼터 벽에 나무와 벤치 그림 시트지가 붙어 있다. 꽃밭도 있고 아치형 창문도 있다. 나는 열리지 않는 창문과 시들지 않는 잔디와 천천히 색이 바래는 꽃밭을 지난다. 이곳에는 계절이 없다. 모든 것은 다만 낡을 뿐이다. 날씨에 맞지 않는 옷, 발에 맞지 않는 신발, 소지품보다 작은 종이 가방. 도무지 맞는 것이 없는 어떤 삶에서, 우리는 항상 큰 것을 산다. 언젠가는 그만큼 자랄 거라고 말하며, 작은 것보다는 큰 것이 낫다고, 클 때까지 쓸 수 있을 거라고. 클 때까지 살아 있을 수 있을 거라고.

©신희수

기록되지 않은 죽음

3월, 변희수 님이 세상을 떠났다. 트랜스젠더인 변희수 하사는 군 복무 중 성(性) 확정 수술을 받았고, 계속 복무를 희망했으나 심신장애를 이유로 강제 전역되었다. 변 하사는 이 강제 전역의 부당성을 다투는 행정소송 첫 기일을 앞두고 있었다. 그 전주에는 김기홍 님의 부고가 있었다. 그는 커밍아웃한 논바이너리 트랜스젠더였다. 음악 교사였고, 녹색당 비례대표 후보로 출마했었다. 성소수자 가시화를 위해 노력했다. 4월 26일은 동성애자 인권 연대의 청소년 활동가였던 육우당 님의 18주기다. 그가 세상에 살아 있었던 시간과 그가 세상을 떠난 시간이 같아지는 날이다.

이 목록은 끝이 없다. 기록되지 않은 죽음, 소리 내어 이유를 말하지 못했던 이별은 더 많았다. 그리고 이 이별에는 매번 이유가 있었다. 가해가 있었다.

육우당 님의 부고 뒷편에는 동성애자 커뮤니티 사이트가 청소년 유해 매체라는 한국기독교총연맹의 강경한 주장이 있었다. 김기홍 님의 부고 뒷편에는 성소수자 이슈를 정치 담론장의 잡음이나 해악으로 치부하는 수많은 말이 있었다. 어떤 말들은 유력 정치인의 입에서, 어떤 말들은 혐오를 부끄러워하지 않는 사람들의 입에서 나왔다. 변희수 님의 죽음 뒷편에는 국가인권위원회의 권고에도 불구하고 강제 전역을 강행한 군이 있었다.

소수자의 죽음은 결코 개인적인 사건이 아니다. 싸우다 지친 사람들, 말하다 상처 입은 사람들, 먼저 한 걸음 나서 길을 만들어보려다 스러진 사람들의 뒤에는 그들을 생의 끝으로 떠민 아주 크고, 잘 보이고, 지치지 않는 집단적 혐오가 있었다. 사회의 가해가 있었다. 혐오를 거리낌 없이 말하는 목소리와, 노골적으로 거부하는 표정과, 모멸감을 불러일으키는 표현이 있었다. 청소년 유해 매체. 소돔과 고모라. 하나님의 진노. 보지 않을 자유. 연기 신청 거부. 민간인. 정신병자. 먼저 떠난 활동가들의 이름 뒤에 붙는, 언급하고 싶지 않은 연관 검색어들. 빼앗기고 찢어진 무지개 깃발. 국회 정문에서 밀려나는 경험. 아무도 보지 않는 기자회견. 거리 발언하는 활동가를 붙잡고 그러다가 지옥 간다고 고함을 지르는 시민. 그 끝없이 닥쳐오는 혐오의 파도.

　혐오는 집요하고 힘이 세고 지치지 않는다. 무릎 깊이 바닷물 속에 서서, 허물어지는 모래를 발가락에 억지로 힘을 주어 쥐고, 끝없이 밀려오는 파도에 맞서는 것 같다. 어떤 개인도 이런 파도에 계속 맞설 수 없다. 주저앉아 떠내려가는 것은 한순간이다. 뜻이 맞는 사람끼리 손을 잡고 맞서려 해보아도 쉽지 않다. 같이 떠내려가는 것도 한순간이다. 이런 집요함에는 이길 수 없을 것 같은 기분이 든다. 밀물 때와 썰물 때가 있을 뿐 파도는 멈추지 않는다. 손을 놓아야 내가 살 수 있을 것 같은 순간이 온다. 다리에 힘이 풀리는 순간이 온다. 그 순간 우리는 또 누군가를 잃는다.

　우리는 죽어서 지옥 갈 걱정을 할 필요가 없다. 애당초 여기가 지옥이다. 이 끝없이 닥쳐오는 혐오의 파도를 맞고 서야 하는 바닷가가, 2021년 대한민국이, 지옥이다. 나는 더 이상 우리 사회가 차별 없는 세상이기를 바라지 않는다. 차마 그렇게 큰 꿈을 가질 수가 없다. 우리가 살아서 이 지옥에 함께 머무르기만을, 그것도 간신히, 바라며, 억지로 숨을 쉬고, 손을 잡고, 발가락에 힘을 준다.

3부
우리가 이야기가 될 때

여기 존재하는 어떤 경계에 대해

이주민 2백만 시대라고들 한다. 번화가나 지하철에서 외국어 대화를 듣거나 외국인을 마주치는 일은 더 이상 놀랍지 않다. 외국인이라고 하면 꼭 금발의 푸른 눈을 상상하는 것도 촌스럽게 여겨진다.

한국 거주 이주민의 전형적인 상stereotype은 몇 가지로 나뉜다. 미국인, 흑인 미군, 동남아댁, 외국인 노동자, 러시아 아가씨, 유학생 정도가 있겠다. 물론 실제로 저 키가 조금 더 크고 피부색이 옅고 지하철역에서 영어를 유창하게 하는 사람이 미국에서 왔는지 이탈리아에서 왔는지는 모를 일이다. 이주민이 어차피 거대한 미지인 한, 전형은 단지 지칭일 뿐 설명이 아니다.

나는 이런 전형 중 한 부분을 차지하는 동남아댁, 제대로 다시 말하자면 결혼 이주 여성에게 한국어를 가르치고 있다. 단기 거주자를 포함하면 180만 명에 이른다는 한국 내 이주민 중, 결혼으로 입국해 한국에 정착했거나 정착을 시도하고 있는 이주 여성은 약 16만 명이다. 혼인신고의 4분의 1 이상이 국제결혼인 지역도 있다. 한국어를 가르치고 있다고 하면 친척 중에 누가, 우리 회사의 노총각 누구누구가 베트남 처녀나 중국 아가씨와 결혼했다는 이야기를 심심찮게 듣는다. 그러나 많은 한국인들에게 국제결혼은 전형의 영역이다. 몸집이 작고 피부가 조금 더 까무잡잡한, 성품이 순하고 가난하고 고향에 부모와 형제자매가 여럿 딸린 젊은 여자가 돈 많은 나라에서 살기 위해 중매업체를 통한 나이 많은 한국 남자와의 결혼을 선택한다 정도로 쉽게 정리된다.

이 편리한 정형화는 우리가 사실은 많은 것들을 모르고 있는 현실을 쉽게 가린다. 우리는 베트남이나 필리핀, 태국이나 캄보디아에 대해 미국이나 일본에 대해서만큼 알지 못하고, 이들이 어떻게 한국에 와서 어떻게 사는지도 모른다. 한국에서 태어나 한국에 사는 이상, 경계를 넘어 삶의 터전을 옮기는 것이 어떤 경험인지도 모른다.

몇 주 전, 작년부터 줄곧 함께 공부하던 학생 한 분이 그만두었다. 한국 텔레비전을 보면서 들리는 대로 받아써 사전을 찾아본 다음, 뜻이 통하지 않으면 쉬는 시간에 물어볼 정도로 한국어 공부에 열성이던 분이었다. 그만둔 이유는 돈이었다. 원래 아프던 남편이 심하게 앓아 누워 일을 전혀 하지 못하게 되었다. 어린이집에도 아직 맡기지 못할 어린 딸도 있다. 그는 일거리를 찾기 위해 몇 주를 돌아다니더니, 결국 어느 공장에서 일주일에 엿새를 일하게 되었다며 연말에 인사를 왔다. 아기는 맡길 데가 없으니 집에 두고 다닌다. 그의 모국은 오랜 시간 내전에 시달렸다. 수십만 명이 죽었다. 그는 한국어로 '하인'이라고 해야 할 때 '군인'이라는 말을 자주 한다. 선편우편이 한 달 걸리는 고향의 어머니와 예전에는 편지를 주고받았지만, 편지가 있으면 자꾸 다시 읽게 되니까 슬퍼서 이제 편지를 쓰지 않는다고 했던 그는 나와 동갑이다.

여름에도 일 때문에 공부를 그만둔 분들이 있었다. 시급 5천 원을 받으며 저녁에는 설거지를 하고 새벽에는 빵집 청소를 하던 E 씨는 안 아픈 곳이 없었지만, 장애인인 남편과 둘이 먹고살려면 필사적으로 일을 해야 했다. 그나마 영주권자라 가능한 일이었다. 우리는 함께 한국어 능력 시험 준비를 했다. 한번은 중급 수준인 3급 기출문제에 '아침 식사 합니다'라는 지문이 나왔다. 식당의 광고지였다. E 씨는 이 지문을 보고 "아침 식사, 다른 말 있어요. 지, 조……?"라고 물었다.

"아, 조식이요?"

"네, 조식, 다른 밥도 있어요. 뭐라고 해요?"

나는 '조식, 중식, 석식, 야식'을 쓰고 한자어라고 설명했다. 한국인은 3식을 기본으로 하기 때문에 조식, 중식, 석식은 밥이지만 야식을 먹었을 때는 보통 밥을 먹었다고 하지 않는다고 덧붙였다. 그러자 E 씨가 말했다.

"저는 매일 야시 먹어요. 빵집, 새벽 3시까지 가야 해서, 새벽 2시에 밥 먹어요. 야식 안 먹으면 못 버텨요."

그러나 그 일로도 E 씨는 생계의 경계를 넘을 수 없었고, 남편의 병 수발을 드는 사이에 그나마 있던 청소 일자리도 잃었다. 그는 결국 일주일에 한두 시간의 공부 대신 밥벌이를 하러 갔다.

E 씨와 함께 공부를 하던 R 씨는 중국 한족이었다. 중국에서는 이제 한국으로의 국제결혼 때문에 혼인 가능한 '조선족 처녀'를 찾아보기 어렵다. 중개업체에서는 한족도 생김이 비슷하니 괜찮다며 한국 남성과 그 부모들을 설득한다. 아이를 들쳐 업고 한참 먼 센터까지 한국어 공부를 하러 오던 그도 귀화하자마자 공부를 그만두었는데, 운전면허를 따기 위해서였다. 한국에서는 운전면허가 있어야 더 많은 돈을 벌 수 있으니까 면허를 먼저 따겠다고 했다. 2주 동안 무단결석을 한 다음 화사한 초록색 원피스를 입고 번쩍번쩍 큐빅이 잔뜩 달린 값싼 가방을 들고 나타난 그는 가슴을 두드리며 말했다. "시아버지가 전화 뺏었어요. 아무 데도 연락 못 하게 했어요. 그

래서 결석한다고 말 못 했어요. 선생님 미안해요. 하지만 나도 못 참아요. 나도 이만큼 쌓였어요. 나 더 예쁘게 할 거예요. 안 예쁘면 일도 못 구해요. 돈 못 벌어요." 부모와 함께 살고 있는 그의 남편은 수입이 없다. 한국 못지않게 돈과 학력이 계급이 되어가는 나라에서 온 그는 돈을 벌어 아이를 공부시키려 필사적이었다. 학교에 갈 나이가 다가온 아들이 학원까지는 못 가도 학습지라도 하나 해서, 이 나라에서 아들은 가난하지 않기를 바랐다.

많은 송출국에서 결혼 중개업은 불법이다. 한국에서는 돈을 내고 결혼 중개업체에 가입해서 프로필을 소개받고 마음에 드는 이성을 만나 보는 일이 흔하지만, 전체 국제결혼의 60퍼센트가 한국인 남성과의 결혼이라는 캄보디아에서도, 한국의 국제결혼 배우자수 1위인 베트남에서도, 가톨릭 국가인 필리핀에서도 중개업소를 통해 돈을 내고 사람을 소개받는 결혼은 애당초 허용되지 않는다.

그렇다면 우리나라에 지금도 오고 있는 수천 명의 이주 여성들은? 현지법을 위반하거나 뇌물로 우회하거나 서류를 조작하는 데 성공한 한국 결혼 중개업체들의 성과(?)인 경우가 적지 않다. 캄보디아에서는 한국 결혼 중개업체로 인한 위법행위가 너무 심해져서 한국인 남성과의 결혼에 대해서만 비자를 내주지 않은 적도 있다. 한국인과의 결혼이 워낙 많다 보니, 최근에는 아는 사람을 통한 중매라는 합법적인 경로로도 이주가 이어진다.

얼마 전에 새로 온, 스물이 채 안 된 베트남 새색시도 아는 사람의 중매로 결혼해 한국에 왔다. 어찌저찌 한국으로 오긴 했으나 한국어를 진혀 모르니 두 달 정도 집 안에 갇혀 있다시피 했단다. 기역니은도 모르니 집 밖에 나가기도 겁나고 남편이나 시부모와의 의사소통도 불가능했다. 답답함을 견디다 못한 시아버지가 며느리 손을 잡고 왔다. 베트남에서 공장 일을 했던 그는 가사를 할 줄 모른다. 세간의 또 다른 편견과 달리, 베트남은 사회주의 국가이기 때문에 참한 색시의 신부수업 같은 것이 없다. 많은 베트남 출신 이주 여성들은 사회에 나가 일하는 것을 당연하게 생각하고 전업주부로 머물러야 할 경우 극심한 스트레스를 받는다. 그는 이제 연필 한 자루, 나무 한 그루 같은 한국어를 열 번씩 쓰기 시작했다.

나는 내게는 보이는 사람이 다른 사람에게는 보이지 않는 경험을 한다. 학생분들과 함께 지방에 여행을 간 적이 있다. 한국 문화 체험 프로그램이었다. 우리는 함께 싸 간 과자, 라오스 간식이라는 튀긴 돼지고기, 농촌 체험으로 캔 감자를 먹었고, 어린 아이들을 데리고 놀았다. 그런 다음 이들에게 한국의 문화 유적을 설명하면서 시선은 십수 명의 이주민이 아닌 나를 향하는 사람을 만났다. 종종 있는 일이다. 나는 물건을 사러 갔는데 가격을 물어도 팔아주지 않아서 못 샀다거나, 병원에서 자기보다 뒤에 온 사람을 계속 먼저 들여보내 항의하고 나서야 간신히 진료를 받았다거나, 영주권 신청을 위해 필요한 진단서를 떼기 위해 아침 10시에 갔는데 종일 무시당하고 4시에야 종이 쪼가리 한 장을 받아 나올 수 있었다는 이야기를 듣는다. 그들은 눈앞에서 외국인 귀찮아, 싫어, 답답해, 가난한 것들, 이런 말을 듣는다. 베트남, 필리핀, 캄보디아, 태국 등 아시아 국가들은 모두 따로 자기 나라 말이 있으니 베트남 사람과 캄보디아 사람을 한데 모아둔다고 해서 서로 대화할 수 있는 것이 아닌데도, 그냥 한국인이 아닌 사람들의 덩어리로 생각해 '결혼 이주 여성'들끼리 알아서 얘기하겠거니 하고 행사를 진행하는 경우도 있다.

여기에 잔혹한 악의는 없다. 경계가 있을 뿐이다. 눈앞에 있는 한국어가 서툰 이들이 나보다 훨씬 더 다양한 문화를 경험했고, 더 넓은 공간을 이동했을지도 모르고, 그런 결단을 내릴 수 있는 사람이라는 사실을 간과하기란 얼마나 쉬운가. 낯선 대상을 정면으로 마주할 때 반사적으로 나타나는 당황한 표정. 무의식적으로 나를 향하는 시선, 한국인의 확인을 구하는 눈짓. 말로 하지 않기 때문에 오히려 모두가 알 수 있는 우리와 너희 사이의 경계. 그러나 그 경계는 말로 남지 않기 때문에 그 자리에서 다시 흩어지고, 물리적인 경계를 넘어 여기에 온 어떤 사람들은 무지라는 또 다른 경계를 만난다. 아무리 많은 사람이 섞여 살아도, 그 전체가 우리 사회의 경계 밖에 있는 거대한 미지의 덩어리로만 받아들여진다면 여전히 그들은 우리와 함께 존재하지 못할 것이다.

작가라고 스스로를 소개해야 하는 일을 시작하고서 나는 무엇에 대해 쓰고 싶은지 오랫동안 생각했다. 요즈음은 언어가 부여되지 않은 경계 너머를 말하고 싶다. 한국 사회를 공고하게 둘러치고 있는 경계의 안으로 아직 충분히 말이 되지 못한 이야기들을 끌고 올 수 있다면 좋겠다. 전형의 안에 수십만 명의 삶이 요동치고 있다. 나는 어떤 무지는, 당사자의 책임이 아닐지라도, 올바르지 않다고 믿는다.

나와 한국어를 공부한 분들은 아마 이 글을 읽지 않을 것이다. 생활 한국어를 겨우 익히느라 바쁜 이들에게는 그만한 여유가 없다. 그러나 나는 당신에게, 모국어인 한국어로 이 글을 읽고 있는 당신에게 말하고 싶었다. 지금 이 순간에도 여기 존재하는 어떤 경계에 대해.

구름의 고향

밤새워 글을 쓰고, 최근 푹 빠져 있는 인도의 풍미를 그대로 살렸다는 레토르트 카레에 얼려 놓았던 밥을 대충 비벼 먹었다. 기차에서 자겠다는 심산이었다. 서울 영등포에서 전북 남원까지는 무궁화호로 네 시간이 넘게 걸린다. 장마전선은 물러갔지만 하늘은 흐렸고 월요일 아침 올림픽대로는 무척 밀렸다. 여유를 두고 나왔다고 생각했지만 결국 역 앞에서 있는 힘껏 뛰어야 했다. 입 안에 남아 있던 카레 향이 시큼하게 올라왔다.

어른 아홉, 아이 일곱. 네 살 아래 어린이는 표를 끊지 않아도 되어 우리 자리는 열세 석이었다. 한 자리만 따로 떨어져 있다. 나는 휘 둘러보고, 앞좌석에 배낭을 걸어두고 잠들어 있는 남자 옆 창가 자리로 기어들어 갔다. 배낭을 끌어안고 잠시 앉아 있자니 생목 오른 것이 점차 가라앉았으며 며칠 동안 꾸준히 적립한 피로가 몰려왔다. 아침 8시인데도 아이들은 밤새 하늘에서 무슨 기운을 받아먹었는지 힘이 넘쳤다. 조용히 시키기도 귀찮다. 무슨 말을 해도 10분만 지나면 또 떠들 텐데. 저 나이 애들은 떠들 때도 새소리를 내고 기억력도 새 기억력이다. 귀엽고 연약하고 자유롭기도 꼭 새 같으니 어른은 짜증도 마음대로 못 내고 그냥 지친다. 새고 까마귀고 일단은 자고 싶다. 지금은 나보다 베테랑인 대표님이 어떻게든 하시겠지.

금세 잠이 온다. 아니나 다를까, 잠결에 새소리와 대표님 소리가 번갈아 들린 것 같지만 못 들은 척, 적당히 흔들리는 좌석에 몸을 맡겼다. 그러고 보니 무궁화호는 오랜만이고, 남원은 더욱이 초행이다.

네 시간 20분은 길었다. 자고 자고 또 자고 나니 이제야 남원이란다. 낯선 기차역을 나와 남원 센터장님과 인사를 하고 낡은 승합차에 차곡차곡 포개어 탔다. 남원 다문화 가족 지원센터의 초청으로 마련된 1박 2일 농촌 체험을 위해서는 시내에 있는 기차역에서도 한참을 더 가야 한단다. 무덥고 맑은 날씨지만 하늘에는 구름이 꽤 떠 있다. 센터장님이 일주일 정도 비가 많이 왔는데 오늘은 다행히 날이 개었다고 말씀하신다. 밤에는 또 비가 온다는 예보다. 시골 밤하늘에 총총히 빛나는 별을 보며 라오스와 태국의 별자리 이야기를 들어보려던 나의 계획은 이렇게 스러지는구나. 나는 하늘을 보며 짧은 한숨을 쉬었다. 아이들이 많은 여행이니 어차피 내가 별 볼 시간은 없으리라 생각하고 성도를 챙겨 오지 않은 것이 도리어 다행이다.

천문학자 하면 밤에 망원경이 떠오르지만, 천문학이 곧 밤하늘을 연구하는 학문은 아닐 것이다. 소백산 천문대를 찾았을 때 박사님은 이곳은 기상이 썩 좋은 곳이 아니라 관측 일수가 한정되어 있다며, 전파 천문대는 날씨에 구애받지 않는다고 하셨다. 밤이든 낮이든 비가 오든 바람이 불든 전파 천문대에서는 우주를 볼 수 있다. 스쳐 지나간 이야기였지만 나는 그 생각이 참 마음에 들었다. 언제든지 닿을 수 있을 것 같은 느낌. 언제든지 손을 뻗어볼 수 있을 것 같은 느낌.

나는 오랫동안 천문학자를 꿈꾸었다. 우리 집 공부방에는 지금도 초등학생 때 샀던 초록색 천체망원경이 놓여 있다. 아파트촌에 살던 내가 그 작은 망원경으로 본 것은 기껏해야 해와 달, 행성들, 이중성과 성단 몇 개 정도였으나 나는 내게 망원경이 있다는 사실 자체가 그저 좋았다. 언제든지 우주에 한 걸음 더 가까이 갈 수 있을 것 같은 느낌이 좋았다. 가까워 보이는 별과 별 사이에 사실은 까마득하게 먼 시공간이 놓여 있고 그 까마득한 공간을 무언가가 채우고 있을지도 모른다는 이야기도 좋았다. 나는 별과 별 사이의 공간이 사람과 사람 사이의 공간 같다고 생각했었다. 가까이 있는 것 같지만 사실은 전혀 다른 곳에 있는 미지의 존재, 존재들.

천문학 전공자나 철학 전공자나 웃어넘길 수수한 이야기이지만, 나는 사람의 우주와 하늘의 우주는 같다고 생각하고 하늘로 끝없이 올라가던 꿈을 지상에 내려 박았다. 진짜 철학 전공자가 된 지금도 나는 사람들을 종종 별처럼 생각한다. 눈으로 보아서는 결코 알 수 없는 거리가 있고 망원경으로 들여다보아도 알 수 없는 속이 있다. 그렇지만 광학 망원경으로 별의 색을 보고 온도를 짐작하고 나이를 짐작할 수 있고 전파망원경으로 텅 비어 보이는 공간을 메우는 수많은 '무언가'를 찾아낼 수 있듯이, 사람 사이에도 시선을 향하면 보이는 반짝임과 귀를 기울이면 들리는 무언가가 있다. 영원히 닿지 않을지도 모르지만 외면하지 않고 손을 뻗고 귀를 기울이면 닿을지도 모른다는 희망이 있다.

애당초 별자리 이야기는 무리였다. 어린아이들을 데리고 하는 여행에서 어른이 무얼 하기가 힘들 뿐더러, 사실 우리 센터에 찾아오는 결혼 이주 여성들은 한국어를 그렇게 잘하지 못한다. 몇 년을 한국에서 살아도 일상 회화에서 조금만 벗어나면 어렵다. 자신의 생각과 경험을 말이 아니라 글로 전할 수 있다면 좋겠다는 대표님 말씀에 애 보던 내가 명목상 소설가이긴 하니 일단 선생님 노릇을 하겠답시고 들어앉았지만, 우리의 2학기 교재는 아마도 초등학교 쓰기 1-1이 될 것이고, 우리가 한국과 태국의 별자리 이야기를 하는 날은 영원히 오지 않을지도 모른다. 농촌 마을 민박집 노래방 기계음을 반주 삼아 '만남'을 구성지게 불렀던 반장 통파 씨에게 태국에서 별자리 이야기를 할 만한 여유가 있었는지 아는 날은 영원히 오지 않을지도 모른다. 집안일도 하고 손이 많이 가는 아이들도 보고 일을 하거나 시부모도 돌보아야 하는 결혼 이주 여성들 중에 몇 명이나 나와 끝까지 교과서를 공부할 수 있을지도, 나는 알지 못한다.

그러나 꼭 구름 없고 바람 약한 날 밤에 별을 보는 것이 천문학이 아니다. 지금 이 순간에도 세계 곳곳의 전파망원경들이 시선을 하늘로 향하고 있다. 우리는 우주의 한가운데에서 우주에 둘러싸여 있기에 그저 서 있기만 해도 가장 가까이 있는 항성을 온몸으로 느낄 수 있다. 서울에 사는 내가 천체망원경의 뚜껑을 다시 열 일은 아마도 없겠지만 나는 내가 사람들의 우주 한가운데에서 별처럼 반짝이는 사람들 사이의 공간에 손을 뻗을 수 있다는 사실을 안다. 그리고 눈에 닿지 않아도 아득한 시공간을 넘어 전파망원경으로 들어오고 있는 우주의 수많은 흔적들처럼, 오랜 시간이 흐른 다음에는 내게 보이지 않는 곳에서라도 우리의 오늘이 어딘가에서 반짝일지도 모른다고 믿는다. 그 오랜 시간이 우주 기준으로 보자면 한순간이라고 생각하면 그 또한 위안이 된다.

아이들이 함께하는 여행에는 짐이 많다. 앞좌석에 접은 유모차와 여행 가방을 쌓아 올리고 뒤쪽에 열여덟 명이 겹쳐 타니 냉방을 틀어도 덥다. 아이들은 덥다면서도 생기가 넘친다. 오전에 보았던 서울의 흐린 하늘과는 사뭇 느낌이 다른 햇살이 빗물 마른 자국이 남은 유리창을 파고든다.

"선생님, 구름은 어떻게 생겨요?"

창밖을 유심히 보고 있던 지아가 물었다. 카메라를 들이대면 이상한 표정을 짓는 데 한창 재미를 붙인 여섯 살 여자아이다.

"응, 지구에는 커~다란 바다에 물이 잔뜩 있지? 그런데 오늘 덥지? 이렇게 더운 건 해가 있기 때문이야. 해가 뜨거우니까 물들이 열을 받아서 하늘로 슝슝 올라가게 돼. 그러면 높이 높이 올라가다가 서로 만나서 커다랗게 되는데, 그게 구름이야. 구름은 바다에서 온 물방울들이 잔뜩 모여서 생긴 덩어리야. 그러니까 저 구름은 원래 바다에서 온 거지."

어렵다. 지아는 이내 관심을 끄고 대표님에게로 고개를 돌린다.

"할머니, 할머니, 우리 또 퀴즈 해요!"

"그럴까? 그럼 자, 문제. 구름의 고향은 어딜까?"

아이들이 고개를 갸웃거린다. 오랫동안 공학도였고 한때는 유학생, 또 한때는 박사님이었지만 이제는 아이들에게 할머니라고 불리게 된 대표님이 힌트를 준다.

"정 선생님이 아까 설명해주셨지? 구름은 원래 어디에서 하늘로 올라간 걸까?"

지아가 또 조금 고민하더니 앞좌석으로 상반신을 쑥 내밀고 자신만만하게 소리친다.

"저요! 저요! 정답!"

"오, 그래. 지아가 알아? 구름의 고향은 어딜까?"

"태국!"

지아 엄마의 고향이다. 나는 창밖으로 펼쳐진 우주와 시골길을 덜컹거리며 달리는 승합차 안에서 펼쳐지는 우주를 느끼며, 풋 웃는다.

당신의 젖은 날개가 마를 때까지[*]

프레드 C. 마티네즈 Jr.는 열여섯 살 트랜스젠더였다. 트랜스젠더임을 숨기지 않고 학교에 다녀 화장과 옷차림 때문에 등 뒤로 놀림을 받기도 했지만, 쾌활한 성격이었고 집에서는 사랑받는 막내였다. 프레드라는 이름도 싫어하지 않았으나 가까운 사람들에게는 F. C.라고 불렸고, 내킬 때면 좋아하는 가수의 이름을 딴 비욘세라는 별명으로 불러달라고 하기도 했다. 프레드는 근처 축제 구경을 나갔다가 일주일 뒤 '구덩이'라고 불리는 후미진 계곡 구석에서 돌에 맞아 죽은 채 발견되었다. 프레드의 어머니는 형체를 알아볼 수 없게 망가진 시신에 남은 머리띠로 자식의 신원을 확인해야 했다. 그리고 얼마 지나

---

[*] 줄리 앤 피터스 著,《루나》(궁리, 2010) 옮긴이의 글.

지 않아, 그날 밤에 "벌레 같은 호모 새끼들을 처주고 왔다"고 자랑했던 범인이 체포되었다. 범인은 열여덟 살이었고, 레즈비언의 아들이자 두 아이의 아버지였다.

줄리 앤 피터스는 꿈에 찾아온 '루나'라는 트랜스젠더에게서 영감을 얻어 이 소설을 쓰기 시작했다. 작가는 《루나》를 쓰기 위해 지역 성소수자 센터에서 많은 사람들을 만났는데, 자신의 경험을 기꺼이 나누고 전하고자 하는 사람들의 이야기를 들으며 이들의 진짜 삶을 소설에 담는 것이 그들의 분투를 오히려 사소한 것으로 왜곡하게 될지도 모른다는 회의에 빠져 집필을 중단했다. 그러나 그렇게 결심한 바로 다음 날 신문에서 마티네즈 살인 사건에 관한 기사를 읽었다. 마티네즈는 처음에 동성애자로도 보도되었으나, 작가는 기사를 읽으며 마티네즈가 트랜스젠더였음을 깨닫는다. 그리고 사건 자체만이 아니라 사건을 받아들이는 방식에서 사회의 무지와 폭력을 절감하고 《루나》의 탈고를 결심한다(작가는 이 우연이 책을 끝내는 운명적 신호처럼 느껴졌다고 한다). 몇 년 후, 세상에 나온 《루나》는 물론 마티네즈에게 헌정되었다.

피터스는 청소년들이 '밝고 건강한 생활'을 강요받는 현실에서, 사실 성장이란 고통과 부정을 동반할 수밖에 없음을 현실적으로 그린다. 쉽고 편안한 답을 내놓는 대신 등장인물들과 함께 괴로운 현실을 마주 보게 한다. 그러면서도 인간에 대한 믿음과 미래에 대한 희망을 잃지 않고 그 모든 것을 지탱하는 용기를 찾아낸다. 작가는 이 책에 대해서도 "'다름과 다양성'의 담론을 초월해 자매 지간의 사랑의 힘에 호소하길 바라고, 그것이야말로 프레드와 성별 정체성으로 고민하는 모든 사람들에게 경의를 표하는 길이라 생각한다"고 말한 바 있다.

《루나》는 희망적으로 끝났을지언정 해피엔드는 아니다. 어쩌면, 아니 틀림없이, 루나와 레이건은 더 많은 도전을 마주하고 또다시 상처받으리라. 그럼에도 역자이기 이전에 한 명의 독자로서, 나는 그들이 살아남아 행복하기를 간절히 바란다. 갓 번데기에서 나온 그들과 우리 모두에게 젖은 날개를 펼쳐 튼튼하게 말릴 기회가 주어지기를 바란다. 이 책이 바로 나의 이야기인 독자들은 물론이고, 그렇지 않다고 생각했던 독자들에게도 '우리'의 이야기로 받아들여지길 바란다. 바로 당신이 낮의 하늘을 자유롭게 날아오르기를 바란다.

공감각적인 공감으로[*]

《망고가 있던 자리》는 글자에서 색을 느끼는 공감각인 소녀 미아의 이야기이다. 지은이 웬디 매스는 한 인터뷰에서 "책을 쓰기 위해 조사하면서 가장 놀라웠던 점이 무엇이었나요?"라는 질문에 "사람들이 생각하는 것보다 공감각이 훨씬 흔하다는 점이었어요"라고 답했다. 그리고 자그마치 50명이 한 회의실에 모여 진행하는 공감각인 모임에도 가본 적이 있다는 이야기를 한다.

공감각인이 2천 명에 한 명꼴로 있다니, 정원 30명 정도의 한 학급에, 한 학년이 열 반씩인 초등학교에서 전교생 중 한 명은 공감각인이라는 얘기였다. 당신은 공감각에 대해 들어

[*] 웬디 매스 著, 《망고가 있던 자리》(궁리, 2007) 옮긴이의 글.

보거나, 학교에서 공감각인 친구를 만난 적이 있는지.

나도 책을 읽기 전까지 몰랐다. 그래서 미아의 이야기가 몹시 흥미진진했다. 혹시라도 색깔이 느껴지지 않을까 하고 조금—정말 아주 조금!—기대하며 책 속 글자들을 한참 노려보기도 했다. 그리고 사람들 사이의 페로몬을 보는 장면에서는 미아가 부럽기도 했다. 특별해진다는 건 정말 멋진 일이므로. 물론 가장 친한 제나에게도 사실을 숨기고, 수학 때문에 쩔쩔맬 때는 그녀도 힘들었겠지만.

나는 미아를 정말 특별하게 하는 것은 공감각이 아니라, 고양이 망고에 대한 사랑, 제나와의 우정, 힘든 경험을 이겨내고 빌리에게 도움을 주려는 모습이라고 생각했다. 미아의 경우보다 훨씬 희귀하게 음식을 먹으면서도 색깔을 보는 공감각을 가졌지만, 아끼던 고양이를 잃은 친구에게 "난 알레르기가 있어서 고양이가 싫어"라고 말하는 애덤이 미아보다 더 특별한 사람같이 느껴지지는 않는다.

우리 모두에게는 남과 다른 부분이 있다. 미아의 공감각처럼 비밀로 하면 아무도 눈치채지 못할 '다름'을 가진 이들도, 누구나 금세 알아볼 만큼 눈에 띄는 '다름'을 가진 이들도 있다. 하지만 우리가 오직 그 다른 부분 한두 가지만으로 괴상해지거나 특별해지지는 않는다. 미아는 공감각이 사라진 다음에도 여전히 자신이 심한 말을 했던 친구 로저에게 사과해야겠다고 반성하고, 학교에서 외로운 소년 빌리를 찾아보는 소녀다. 어쩌면 우리를 특별하게 만드는 것은 커다랗고 중요하고 무시무시하고 남다른 '다름'이 아니라, 다른 부분을 가지고, 다른 사람들을 돌아보며 일상을 차곡차곡 쌓아가는 우리 자신의 태도가 아닐까, 생각한다.

각자가 끌어안은 고민들[*]

    모두와 왠지 두루두루 잘 지내는 사람들이 있다. 특별히 싫어하는 사람도 없고 누구에게나 상냥한 아이들도 있다. 학창 시절의 나는 그런 사람이 아니었다. 주위 사람들에게 먼저 살갑게 말 걸 줄 아는 사람도 아니었다. 학교에는 친해지기 어려운 친구도 있었고 친해지기 싫은 친구도 있었다. 학교에서 만나는 또래들을 으레 '친구'라고 불렀으나, 같은 시기에 같은 공간에 묶여 있다는 특수한 맥락을 벗어나 돌이켜보면 그것은 참 기이하고 일시적인 관계들이었다.

    《이름이 무슨 상관이람What's in a Name》의 작가 엘런 위트

---

[*]   엘런 위트링거 著,《이름이 무슨 상관이람》(궁리, 2013) 옮긴이의 말.

링거는 전형적인 편견 이면에 있는 진짜 사람의 모습을 보이고 싶었다고 한다. 이 책을 읽으며 나는 그 기이했던 관계들, 특히 내가 친해지지 못했던 '친구'들을 돌이켜 생각했다. 아담이 해변에서 우연히 그레첸을 만난 것 같은 기회가 있었다면 달라지지 않았을까 싶은 관계들이 있다. 실제로 그런 우연한 기회에 '생각했던 것과 다른 일면'을 발견한 적도 있다.

엘런 위트링거는 원래 예술학을 전공하고 1979년 시인으로 데뷔하였으나, 1993년 열다섯 살의 첫사랑을 다룬 《롬바르도의 법Lombardo's Law》을 발표하며 청소년 소설을 쓰기 시작했다. 1999년에 청소년 레즈비언의 커밍아웃을 진지하게 그린 《달콤쌉싸름한 첫사랑Hard Love》으로 람다상을 수상하고 마이클 프린츠상 최종 후보에 오르며 진지한 주제를 현실감 있고 섬세하게 그리는 청소년 소설가로 주목받기 시작했다. 《이름이 무슨 상관이람》은 《달콤쌉싸름한 첫사랑》 다음에 발표된 책으로, 작가는 전작에 이어 성소수자 청소년의 고민을 다루되, 이를 여러 청소년들이 각자 경험하는 '나는 누구인가'라는 정체성 고민으로 확장시켰다.

《이름이 무슨 상관이람》은 온화한 책이다. 마을 이름 주민투표, 오닐의 커밍아웃이라는 두 개의 큰 정체성 갈등이 있지만, 둘 다 독자를 괴롭게 할 만큼 고통스러운 방식으로 다루어지지 않는다. 사실 주민 투표에서 발생할 수 있는 최악의 결과라고 해봤자 마을 이름이 바뀌거나 바뀌지 않는 것이고, 오닐에게는 학교에 먼저 커밍아웃을 한 선생님이나 성소수자 지지 동아리 친구들과 같이, 지지해주는 주변인들이 있다.

우리 모두가 항상 정체성 문제를 목숨 걸어가며 고민하는 것은 아니다. 그런 필요도 없다. 성장은 때로 완만하게 천천히 일어나고, 변화나 성장에 수반하는 고통의 정도는 사람마다 다르다. 나는 《이름이 무슨 상관이람》의 멋진 면이 바로 이 지점에 있다고 생각한다. 이 책에 나오는 열 명의 인물들은, 10대의 내가 지금 할 수 있는 만큼만 고민해도 괜찮고, 지금 당장 답이 나오지 않으면 잠시 외면해도 되고, 굉장히 심각해야 할 것 같은 문제라고 꼭 비장하고 우울해야만 하는 것은 아니라는 점을 보여준다.

물론 그렇다고 성장이 평화롭기만 한 것은 아니다. 할 수 있는 만큼만 고민해도 괜찮은 것은 달리 말해 청소년기에 우리에게 주어진 힘이 그 정도이기 때문일지도 모른다. 현실적으로 말해, 더 애써봐야 딱히 별수가 없는 것이다. 이 책의 등장인물들도 바로 그런 현실 속에 살고 있다. 가족 안의 갈등에서 적극적으로 탈출하지도 해법을 찾지도 못하는, '아직 운전면허도 없는' 조지가 느끼는 답답함, 언젠가 대학에 가고 어른이 되면 달리 살 수 있을지도 모른다는 기대를 남몰래 품고 지옥 같은 스쿨버스에서 하루하루 버티는 샤콴다의 위태로운 자존심, 이제 첫걸음을 내딛었지만 세상과, 아니 일단 당장 부모와 계속 부딪쳐야 할 오닐이 느낄 까마득함……. 이들은 당장 뻥 터질 것 같은 문제는 아니지만, 각 등장인물들이 온전히 제 힘으로 없애지도 못하는 것들이다. 어떻게든 일단은 각자가 끌어안은 채 성장해야 하는 고민들이다.

그리고 그래도 괜찮지 않을까. 꼭 지금 당장 깊이 있고 진지하고 성숙한 사람이 아니라도 괜찮다. 눈앞에서 일어나는 사건을 스스로 통제할 수 있다고 오해하지 말고, 그런 부담을 느끼지 말고, 때로는 주위에서 일어나는 일들을 할 수 있는 만큼만 감당하면서. 때로는 조지처럼 펑펑 울고, 나디아처럼 낯선 아이 앞에서 솔직해지고, 넬슨처럼 악담을 하고, 그레첸처럼 어머니를 피하고, 퀸시처럼 냅다 달리면서. 그 과정에서 혹시 가능하다면 내가 누구인지, 그리고 내 주위의 사람들은 누구인지 천천히 발견해가면서, 그렇게 자라도 괜찮지 않을까. 조바심내지 않아도 어차피 우리는 어른이 되니까.

작가를 꿈꾼 적은 없지만[*]

낸시 크레스는 20대 후반에야 글을 쓰기 시작했다. 어렸을 때 작가를 꿈꾼 적도 없었다. 이탈리아계 미국인 가정이었고, 대학을 간 친척은 하나도 없었다. 어머니는 어린 딸에게 "선생님, 간호사, 비서 중 뭐가 될래?"라고 물었고, 열두 살 낸시는 선생님이 되겠다고 했다. 어머니가 생각할 수 있는 여자의 직업이 그 세 가지뿐이었다. 그럼에도 어머니는 "걘 시집을 갈 수 있을 만큼 예쁜데 왜 대학을 보내니?"라는 집안 어른의 말과 '여자애'를 대학까지 보낸다는 주변의 수군거림에도 불구하고 딸을 대학에 입학시켰고, 낸시 크레스는 졸업 후 초등학교에서 교편을 잡았지만, 직장 생활은 3년으로 끝났다. 남편을

[*] 낸시 크레스 著, 《허공에서 춤추다》(현대문학, 2015) 옮긴이의 말.

따라 한적한 교외로 이사한 작가는 종일 집안에 있으며 어린 첫째를 돌보았고, 둘째를 임신했다. 일도 없고 또래도 없고 차도 없었다. 작가는 아기가 낮잠을 잘 때 틈틈이 펜을 들고 글을 쓰기 시작했다. 진지하게 작가를 꿈꿨다기보다는, 그게 아니면 드라마를 보는 것밖에 할 일이 없었고, 답답해서 미칠 지경이었기 때문이었다고 한다.

낸시 크레스는 1976년에 첫 단편을 유명한 SF 잡지 〈갤럭시 Galaxy〉에 싣는 데 성공했지만 고료를 받지 못했다. 작가는 자신이 SF 커뮤니티에 속해 있지도 않았고 정보도 전혀 없었기 때문에 데뷔를 한 것 같다고 회고한다. 〈갤럭시〉는 SF라는 장르를 확장시키고 50년대의 고전적인 SF에서 뉴웨이브로의 문을 연 중요한 잡지였다. 그러나 1970년대 후반 〈갤럭시〉는 재정난에 시달려 지면을 채울 원고를 마련하지 못하는 처지였다. 잡지사의 사정을 아는 작가들은 고료를 못 받을까 봐 아무도 투고하지 않았기 때문이다. 한적한 동네에 고립된 주부였던 낸시 크레스는 이런 업계 사정을 모르고 원고를 잡지사에 보냈고, 그렇게 소설가가 되었다.* 다음 단편소설은 1년 뒤에야 팔렸다. 그다음 단편소설까지 또 1년이 걸렸다.

그사이에 작가는 출산을 했고, 어린 아들들을 키우며 야간

---

* 그리고 몇 년 뒤, 결국은 고료로 150달러를 나누어 받았다고 한다.

대학원에서 영문학 석사를 받기 위해 분투했다. 서른 살이 되었다. 잠깐 복직을 했고, 이혼을 했다. 광고 회사에 취직하고 짬을 내어 계속 글을 썼다. 주로 크게 주목을 받지 못한 판타지였고, 그나마도 80년대 초반까지 1년에 두 편 정도를 간신히 지면에 선보일 수 있었다.

그렇게 글을 쓴 지 10여 년이 지난 1986년, 낸시 크레스는 과학소설 단편 〈저 반짝이는 별들로부터〉(1985)*로 네뷸러상을 수상하면서 마침내 SF 작가로 주목을 받기 시작했다. 1990년경에 작가는 광고 회사를 그만두고 전업 작가가 되겠다는 결단을 내렸고, 그다음 해인 1991년, 43살에 대표작인 《스페인의 거지들》을 선보인다. 낸시 크레스는 이 중편소설로 휴고상, 네뷸러상, 아시모프지(誌) 올해의 소설상을 휩쓸며 본격적으로 이름을 알렸고, 그때부터 지금까지 쉴 새 없이 왕성하게 활동하고 있다. 30권 이상의 과학소설을 출간했고 네뷸러상을 6번, 휴고상을 2번, 로커스상을 2번, 그 외에도 캠벨상, 스터전상 등을 수상했고, 거의 해마다 후보에 이름을 올렸다. 지금은 네 번째 남편인 소설가 잭 스킬링스테드Jack Skillingstead와 시애틀에 살고 있다.

---

*   필립 K. 딕 외, 《저 반짝이는 별들로부터》(창비, 2009)에 수록.

낸시 크레스 작품 세계의 특징은 크게 세 가지이다. 첫째, 과학보다는 인물 중심이라는 점, 둘째, 소재 면에서 생명공학과 유전공학을 자주 다룬다는 점, 셋째, 좋은 중단편을 많이 발표했다는 점이다. 이 책은 낸시 크레스의 이 세 가지 특징이 잘 드러나는 대표적인 중단편 열세 편이 실린 소설집이다.

작가가 왕성하게 활동한 1990년대는 과학소설이 다변화하던 시기였다. 전통적인 잡지 중심의 등단 체계가 약화되었고, 세기 말의 과학적 발견이 이어졌다. 한쪽에서는 조 홀드먼, 할란 엘리슨, 어슐러 K. 르 귄 같은 60년대에 등장한 중견 작가들이 계속 좋은 작품을 내놓고 있었고, 다른 한편에서는 마이클 스완윅, 제임스 모로,* 테리 비슨**과 같은 예리하고 풍자적인 작가들이 작품을 내놓았다. 로이스 맥마스터 부졸드***와 같은 수준 높은 스페이스 오페라 작가들이 등장했고, 부졸드 외에도 옥타비아 버틀러,**** 코니 윌리스,***** 카렌 조이 파울러, 캐서린 아사로 같은 여성 SF 작가들의 작품이 주목을 받았다. 그렉 이건,****** 제프리

---

*   신의 시체가 하늘에서 추락하는 이야기인 《하느님 끌기》 번역 소개.

**   대표작 <개들 몸은 고깃덩이래>가 《저 반짝이는 별들로부터》에 번역 소개.

***   대표적인 스페이스 오페라 시리즈인 〈마일즈 보르코시건 시리즈〉가 꾸준히 번역 출간 중.

****   대표작 《킨》(비채, 2016), 《블러드차일드》(비채, 2016) 번역 소개.

***** 대표작 《개는 말할 것도 없고》(열린책들, 2001), 《둠즈데이 북》(열린책들, 2005) 번역 소개.

****** 대표적인 하드 SF 《쿼런틴》(행복한책읽기, 2003) 번역 소개.

A. 랜디스,* 테드 창**과 같이 과학적 배경을 가진 작가들의, '박사님 소설'을 넘어선 작품들이 독자들을 만나기 시작했다.

낸시 크레스는 이런 흐름 안에서, 인물 중심의 과학소설을 주로 쓴 작가로 평가받고 있다. 과학적인 소재를 사용하기는 하나 그 소재는 대개 부차적이고, 인물들의 감정과 행동에 초점을 맞춘 글을 주로 발표했다. 작가 본인도 자신의 작품을 인물 중심이라고 평가한다. 작가는 과학적인 부분을 틀리지 않으려고 신경을 쓰기는 하지만 가장 중요한 것은 사람, 인물들이고, 인물을 먼저 구상한 다음 본인이 그 인물이라면 어떻게 행동할지를 생각하며 글을 쓴다고 한다. 작가의 작품에 밀접한 관계를 맺고 있는 인물들이 자주 등장하고, 그 인물들 사이의 감정선이 생생한 것도 이런 창작법 때문일 것이다.

예를 들어, 작가는 이 책에 실린 〈오차 범위〉의 자매들에 대해 이렇게 말한다. "여성들은 언제나 일과 가정 사이에서 갈등하죠. (…) 커리어를 추구하려면 누군가가 아이를 키워줘야 해요. 집에 있으면 세상에서 자기 자리가 사라질지 모른다는 걱정에 사로잡히죠. 이 문제에는 도무지 해결책이 없어요. 이 단

---

*   NASA 과학자. 한국에는 달을 배경으로 한 〈태양 아래 걷다〉가 《저 반짝이는 별들로부터》에 번역 소개.

**   한국에서도 많은 사랑을 받는 SF 작가. 대표작 《당신 인생의 이야기》(엘리, 2016) 번역 소개.

편은 유전공학을 소재로 하지만, 여성들에게는 아주 현실적인 이 문제를 두고 분투하는 글이기도 해요." 또한 작가는 이야기를 만들어낼 수 있을 만큼 가깝고 강력한 관계는 네다섯 가지 정도밖에 없다고 하며, 자매 관계를 자주 다룬 이유를 설명한다. "이성 관계나 동성 관계에 집중하면 로맨스로 빠지기 쉽고, 로맨스 장르의 클리셰와 감성을 피하기가 매우 어려워요. 그러면 남는 것은 부모 자식 간이나 형제자매 간의 관계이지요."

낸시 크레스는 세계를 구축하기보다는 인물과 관계를 구축하는 작가라 할 것이다. 이 책에 실린 글들을 보면 길이가 꽤 긴 중장편이라도 등장인물의 수가 많지 않은 편이고, 다루는 시간선 역시 상당히 짧다. 우리나라에 소개된 동시대 작품들 중 어슐러 K. 르 귄의 '헤인 연대기(광대한 세계)', 수 세대의 변화를 다룬 케이트 윌헬름의 《노래하던 새들도 지금은 사라지고》, 시간 여행으로 역시 상당히 긴 시간과 규모가 상당한 변화를 다루는 코니 윌리스의 《개는 말할 것도 없고》 등과 비교하면 이 차이는 더욱 두드러진다. 낸시 크레스는 '지금 여기'의 현실에 가까운 SF 작가다.

낸시 크레스의 또 다른 특징은 생명공학과 유전공학이라는 소재이다. 이 책에 실린 작품들 중 다수가 직접적으로 생명공학과 유전공학적 소재를 다루고 있고(〈스페인의 거지들〉, 〈오차 범위〉, 〈진화〉, 〈성교육〉, 〈허공에서 춤추다〉 등), 〈단층선들〉, 〈올리트 감옥의 꽃〉과 같은 작품들에서도 작가가 동시대의 생명공학적 발견에 관심을 가지고 있었던 점을 확인할 수 있다.

낸시 크레스는 중편에 능한 소설가로 평가받는다. 중편은 그 애매한 길이 때문에 출판이 쉽지 않은 편이다. 중편소설은 보통 잡지에 2~3회에 걸쳐 연재되는데, 이후 작가 개인의 소설집이 출간되거나, 장편으로 개작되지 않으면 독자를 다시 만나기가 쉽지 않다. 과학소설 작가의 중편을 만나기는 매우 어렵고 한 작가의 대표작만 모아 읽을 기회는 더 드물다. 작가는 중편의 장점이 '새로운 세계를 건설하기에 충분할 만큼 길면서 하나의 플롯만 있으면 충분할 만큼 짧다', '장편소설보다 밀도가 높으면서도 작업을 할 만한 공간은 있다'고 말하며 중편에 대한 애정을 여러 차례 밝힌 바 있다.*

이 책은 작가를 스타로 만든 걸작 〈스페인의 거지들〉, 네뷸러상 수상작 〈올리트 감옥의 꽃〉, 세 표 차이로 휴고상을 아깝

---

* 그리고 낸시 크레스는 그런 말을 할 때마다 중편으로는 생계를 유지할 수 없다고 덧붙이곤 했다. 이 책에 실린 작품 중 〈스페인의 거지들〉은 추후 장편으로 개작되었고, 3부작 장편으로 늘어났는데, 두 번째 권까지는 작가 본인이 자발적으로 쓴 것이나 시리즈의 셋째 권은 에이전시가 개입했다는 코멘트가 있다. 이 3부작은 이 책에 실린 중편만큼 좋은 평가를 받지 못했고, 특히 셋째 권은 작가 본인이 자조적으로 "모두 그 책을 싫어했지요"라고 회고할 정도로 반응이 나빴다.
작가는 2000년대 초에 〈올리트 감옥의 꽃〉의 세계관을 확장한 〈확률 시리즈 *Probability series*〉도 발표하였는데, 이 시리즈는 중편을 늘린 것이 아니라 거지들 3부작보다는 훨씬 나았지만, 낸시 크레스의 작가로서의 역량은 장편이나 스페이스 오페라 시리즈보다는 중단편에 있다는 점을 보여주었다.

게 놓쳤던 〈허공에서 춤추다〉,* 〈단층선들〉과 같은 작가의 중편이 다수 실려 있다는 점에서 매우 귀한 단행본이다. '잠을 자지 않는 사람이 있다면?'이라는 가정에서 출발한 〈스페인의 거지들〉은 인물들 간의 강렬한 감정과 갈등, 현실적인 세계관이 인상적인 작품이다. 〈올리트 감옥의 꽃〉은 자매 갈등과 외계인/다른 세계아의 접촉이라는 두 가지 관계를 차분하게 그리고 있고, 〈단층선들〉은 절대적 교감이라는 불가능한 상태에 대한 갈망과 관계의 허망한 이면을 담담하게 보여준다. 이 책의 표제작인 〈허공에서 춤추다〉는 부모 자식 간의 사랑과 갈등, 이상과 목표에 대한 처절한 집념, 생계와 일상의 그늘, 대가를 치러야 하는 선택들의 무게를 생명공학과 발레라는 일견 이질적일 수 있는 두 가지 소재로 아름답게 짜내려간 글이다.

이외에도 이 책에는 판타지로 분류될 만한 〈딸들에게〉와 〈여름 바람〉, 사이버펑크의 영향이 느껴지는 〈언제나 그대에게 솔직하게, 나 나름대로〉나 대체역사물인 〈인생은 짧고 예술은 길다〉와 같은 다양한 시도들도 실려 있다. 이 책은 한 작가가 가장 왕성하게 활동하던 시기의 작품들이 압축적으로 실려 있는

* 작가는 이 소설집에 실린 중편 중 이 소설을 가장 좋아한다고 말한 적이 있다. 당시 휴고상 중편 부문 수상작은 찰스 셰필드의 〈내 마음 속의 조지아Georgia on my mind〉였다. 이 작품은 찰스 셰필드의 유일한 휴고상 수상작이기도 하다. 찰스 셰필드는 낸시 크레스의 세 번째 남편으로, 두 사람은 1998년 결혼하여 2002년 찰스 셰필드가 사망할 때까지 부부였다.

우리가 이야기가 될 때

묵직한 소설집이다.

지금까지 한국에 소개된 과학소설 중 상당수는 60년대부터 70년대 후반 사이의 뉴웨이브 작품들이었다. 뉴웨이브기가 이미 걸작으로 공인된 과학소설이 집중적으로 출간된 시기이기 때문이기도 하고, 과학소설에 대한 편견을 넘을 만한 작품들을 한국 독자들에게 소개하고자 한 기획자들의 노력이 반영된 결과이기도 할 것이다. 그리고 최근에는 영미권의 좋은 SF가 한국어로 번역 출간되는 간격이 짧아진 편이다. 테드 창의 《당신 인생의 이야기》, 존 스칼지의 《노인의 전쟁》, 엘리자베스 문의 《어둠의 속도》, 피터 와츠의 《블라인드 사이트》, 코리 닥터로우의 《리틀 브라더》 등은 원서 출간 수년 이내에 한국에 소개되었다. 동시대의 훌륭한 과학소설을 한국어로 만날 수 있다는 것은 독자에게 무척 행복한 일이다.

그러나 한편으로는 그사이, 즉 80년대부터 90년대 사이에 출간된 과학소설은 한국에 적잖게 소개되었음에도 불구하고 아직 그 이전이나 이후에 나온 영미 과학소설들에 비해 체계적으로 정리되지 못한 편이다. 이 책이 한국의 과학소설 독자들에게 90년대 과학소설의 일면을 보여주기를 바란다.

이 책의 표제작인 〈허공에서 춤추다 dancing on air〉에는 '더없이 행복한'이라는 뜻도 있다. 늦게 출발하였으나 자신의 삶

을 마음껏 살고 원하는 글을 마음껏 써온 작가의 훌륭한 과학
소설을 한국의 독자들에게 소개하는 것은 번역자에게 큰 기쁨
이고 영광이다.

내일의 끝에서 노래하는 오늘의 사랑*

포스트 아포칼립스는 SF에서 별도의 장르라고 해도 좋을 만큼 인기 있는 소재이다. 메리 셸리의 두 번째 SF《최후의 인간》(1826) 이래로, 세계 혹은 인류의 멸망은 장르 내외를 가리지 않고 시대의 특징을 반영하는 틀로 기능했다. 특히 히로시마 원폭 투하 이후, 포스트 아포칼립스 문학은 그 이전의 과학 기술과 진보에 대한 낙관적인 판타지 혹은 우화에서, 인간이 일으킬 수 있는 재난에 대한 음울한 경고로 옮겨갔다.

재난 이후의 인간 생활, 심리 등에 주목하는 인류학적 포스트 아포칼립스 SF―국내에 소개된 SF 중에서는 필립 K. 딕의 《안드로이드는 전기양의 꿈을 꾸는가?》와 월터 M. 밀러의 《리

---

* 케이트 윌헬름 著, 《노래하던 새들도 지금은 사라지고》(행복한 책읽기, 2005 / 아작, 2016) 작품해설.

보위츠를 위한 찬송》이 유사한 소재를 다루고 있다―인《노래하던 새들도 지금은 사라지고》는 1940년대 이후 아포칼립스를 다룰 때면 거의 항상 등장하는 원폭과 방사선, 그리고 환경오염과 그에 따른 생태계 파괴 문제를 다루며 1970년대의 고민을 반영하고 있다. 그러나 윌헬름은 세계라는 공간이 아니라 세대를 걸친 시간의 흐름에 초점을 맞추어, 재난 그 자체가 아니라 개인의 감정에 주목함으로써, 작품이 처음 발표된 지 40년이 된 지금까지도 생생하게 살아남을 시의성을 부여했다. 이것은 여기에서 말하는 재난의 가능성이 오늘날에도 여전하거나 클론이 지금까지도 낡지 않은 소재이기 때문만이 아니다. 작가가 시종일관 보여주는 인간의 '본질적인 부분'에 대한 투명한 시선, 그 예민한 감성이 시대를 초월할 수 있는 것이기 때문이다.

시시각각 다가오는 멸망 앞에서 살아남으려 발버둥 치는 와중에도 사그라들지 않는 데이비드와 셀리아의 절박한 사랑, 스스로도 이해하지 못하면서 서로를 감싸 안는 클론 아닌 클론, 몰리와 벤의 조심스러운 사랑, 그리고 그들의 사랑에서부터 다시 시작하는 마크의, 혹은 우리의 세계. 윌헬름은 절제의 끈을 놓지 않으면서도 인물들의 감정을 한없이 절실하고 우아하게 그려냈다. 근미래를 배경으로 하는 SF의 통찰력이 단지 '미래 맞추기'에 그치는 것이 아님을, SF의 경외감이 얼마나 깊이 있는 깨달음인지를 이보다 잘 보여줄 수 있을까.

'SF&판타지 명예의 전당'에 오른 84명 중 한 사람인 케이트 윌헬름은, 장르 내에서의 확고한 영향력과 널리 인정받은 문학적 역량에도 불구하고 일반 독자들에게 인지도가 낮은 편이다. 케이트 윌헬름은 1950년대 말부터 남편 데이먼 나이트(Damon Knight, 1922~2002)*와 함께 오늘날 최고의 SF 작가 양성 과정으로 꼽히는 '클라리온 과학소설 작가 워크숍'을 설립한 교육자이자, 1956년에 단편 〈쪼꼬미 지니The Pint-Size Genie〉로 데뷔한 이래 SF의 양대 상이라 할 수 있는 휴고상과 네뷸러상을 여러 차례 수상하고 2003년 명예의 전당에 오른 소설가이다. 그런데도 작가의 대표작이 동시대의 주요 작가들에 비해 국내에 뒤늦게 소개되는 이유도, 어느 정도는 그가—상대적으로—대중적인 작가가 아닌 탓이라 할 수 있다.

아이러니하게도 이는 케이트 윌헬름의 작품 세계가 가진 가장 큰 강점 두 가지에 기인한다.

---

* 1941년에 데뷔, 60여 년간 왕성히 활동한 작가이자 비평가. 1970년대에 큰 반향을 불러일으켰던 오리지널 앤솔로지 〈오르빗Orbit〉의 편집자로 이름이 높다. 〈오르빗 Orbit〉은 펄프 SF에서 벗어난 문학적인 장르소설을 지향하며 케이트 윌헬름을 비롯, 가드너 도조와, 진 울프, R. A. 래퍼티, 어슐러 K. 르귄 같은 작가들의 작품을 실었다. 작가로서도 말년까지 새로운 시도를 멈추지 않으며 좋은 작품을 많이 남겼다.

첫째로, 케이트 윌헬름은 중단편, 특히 중편* 부분에서 독보적인 솜씨를 자랑한다.**

휴고상과 네뷸러상 후보에 올랐던 20여 번 중 17번이 중단편 부문이었다. 그의 장편 중 가장 좋은 평가를 받으며 1977년 휴고, 주피터, 로커스상을 수상한 이 책 역시 〈오르빗Orbit〉 제15권에 발표되었던 중편을 1부로 하여, 중편 길이인 2부와 3부로 이루어져 있다. 그러나 안타깝게도 단편선이나 잡지에 싣기도, 한 권의 책으로 만들어내기도 곤란한 애매한 길이의 소설은, 존 클루트가 지적하듯 '상업적으로 인기가 없었다'.

둘째로, 케이트 윌헬름은 장르의 공식과 한계에 구애받지 않았다. SF로 데뷔했으나 추리소설인 《죽음보다 씁쓸한More Bitter Than Death》을 첫 장편으로 낸 이래, 그는 판타지, 매직 리얼리즘, 서스펜스, 심지어 가족극에 이르는 다양한 장르를 자유롭게 넘나들었다. 1995년까지 휴고상과 네뷸러상의 후보에 오를 만큼 작품성 있는 SF 단편을 발표하는가 했더니, 여류 변호사를 주인공으로 한 추리소설 〈바버라 할로웨이Barbara

---

* 휴고상과 네뷸러상에서는 1만7천 5백 단어~4만 단어인 글을 중편으로 분류하고 있다.

** 비슷한 예로 1980년대에 좋은 작품을 많이 선보인 미국 작가 낸시 크레스를 들 수 있다. 두 작가 모두 거시적인 재난을 맞은 개인의 동요(動搖)를 자주 다루며, 간결하고 통찰력 있는 중단편에 능하다. 이 책을 인상 깊게 읽은 독자라면 더 읽을거리로 케이트 윌헬름의 중단편집과 함께, 낸시 크레스의 단편집도 찾아보길 권한다. 한국에는 《허공에서 춤추다》가 번역 출간되어 있다.

우리가 이야기가 될 때

Holloway 시리즈〉로 인기를 얻기도 했다. 이러한 작품은 결과적으로 출판을 매우 어렵게 했는데, 작가 본인이 1979년의 인터뷰에서 밝혔듯이, 그의 작품은 "너무 자주 '이쪽 시장'이나 '저쪽 시장'을 빗나가 그사이로 떨어졌고" 두 번째 소설의 경우 확실한 추리소설도 명백한 SF도 아니라는 이유로 끝내 빛을 보지 못했다.*

초기 중단편 대부분이 대중성보다 문학성을 추구했던 〈오르빗*Orbit*〉에 실린 점과 대표적인 단편집 《무한의 상자: 사변 소설집 *The Infinity Box: A Collection of Speculative Fiction*》(1975)에 달린 '사변 소설Speculative Fiction'이라는 부제에서도 이러한 특징은 완연히 드러난다.

윌헬름은 자신의 특징을 두고 '일찍부터 특정 시장의 요구에 맞추어 글을 쓰는 훈련을 하지 않았기 때문'이라고 한 적이 있는데, 이는 그가 창작을 시작한 경로와도 무관치 않을 것이다. 그는 두 아이를 둔 주부이던 때 빌린 타자기로 데뷔작을 썼고, 첫 번째 단편이 팔리자 원고료로 그 타자기를 구입하면서 본격적인 작품 활동을 시작했다. 데뷔 초기인 1950년대의 단편은 대개 장르의 전형을 벗어나지 않는 무난한 글이었다. 그러나 1960년대에 들어서며 윌헬름은 독자로부터 자유

---

*   찰스 플랫Charles Platt의 인터뷰집 《꿈의 생산자들 *The Dream Makers*》(Berkely, 1980).

롭고 스스로의 기준에 엄격한 자신만의 작품 세계를 형성하기 시작했고, 1967년 네뷸러상 단편 후보에 오른 《당신 멋졌어Baby, You Were Great》로 진가를 드러냈다. 그는 1970년대 들어 〈영원한 만우절April Fool's Day Forever〉(1970), 〈무한의 상자 The Infinity Box〉(1971), 〈접촉The Encounter〉(1971), 〈장례식The Funeral〉(1972) 같은 걸작 중편을 연이어 발표하며 문학성 있는 작가로서의 지위를 굳혔는데, 이 시기의 중단편에서는 '여성의 시대'의 영향을 받은 여성주의적 경향도 비교적 강하게 나타난다. 그러나 비슷한 시기에 이데올로기 모형이라 할 수 있는 《빼앗긴 자들》을 쓴 르 귄이나 성과 죽음에 대한 강렬한 탐구를 담은 〈휴스턴, 휴스턴, 들리는가〉 등의 단편으로 주목받은 제임스 팁트리 주니어에 비해, 윌헬름은 사상적으로나 성적(性的)으로나 온건한 편이다. 글 속에서 여성의 정체성을 분명히 표현하되, 근본적으로는 성(性)보다는 인간에 초점을 두는 그의 작풍은 격랑의 70년대가 한 세대 전 일이 된 지금까지도 일관되게 이루어진다.

    윌헬름과 나이트 부부를 말할 때 빼놓을 수 없는 것이 바로 '클라리온 과학소설 작가 워크숍'이다. 윌헬름은 작가라는 천직을 찾기 전까지 여러 가지 일에 매달려 보았으나 무기력함만 느꼈고, 나중에는 두통과 불면증에 시달리는 불행한 주부가 되었다고 한다. 작가라는 직업을 너무 대단하고 특별한, 자신과 무관한 세계의 일로 생각하는 바람에 글을 써볼 생각조차 하지 못한 채 오랜 시간을 허비했던 자신의 경험으로부터, 그는 작가 지망생들에게 다른 사람을 만나고 창작에 대해 고민해볼 기회가 필요함을 절실히 깨달았고, 그 결과 '클라리온 과학소설 작가 워크숍'에 적극적으로 참여하게 된다.

올슨 스콧 카드, 사뮤엘 딜레이니, 할란 엘리슨 등 명망 있는 SF 작가들이 다수 참여한 이 워크숍은, 《당신 인생의 이야기》의 작가 테드 창과 같은 수많은 신진 작가를 배출해내며 이후 다른 창작 교육 모임의 표준이 되었다. (케이트 윌헬름은 27년간의 클라리온 워크숍 참여 경험과 작가로서의 조언을 총정리한 비소설 《스토리텔러Storyteller》를 출간하기도 했다.)

나는 《노래하던 새들도 지금은 사라지고》의 한국어판을 처음 출간했을 때 앞의 해설을 썼다. 당시에 이미 걸작 SF이자 고전으로 자리매김한 작품이었고, 작가도 작품 활동을 정리하고 교육자로서 노년을 준비하고 있었다. 그러나 작가나 책에 관하여 지금에 이르러 새삼스럽게 해설을 덧붙일 필요는 없을 것이다.

이제 한국의 과학소설 독자들은 케이트 윌헬름과 함께, 혹은 비극한 시대에 활동한 과학소설가들의 작품을 서점이나 도서관에서 찾을 수 있다. 꾸준히 출간된 어슐러 르 귄의 헤인 시리즈 외에도, 제임스 팁트리 주니어의 《체체파리의 비법》, 코니 윌리스의 《화재감시원》과 《양 목에 방울 달기》, 옥타비아 버틀러의 《야생종》, 《블러드차일드》, 《킨》, 낸시 크레스의 《허공에서 춤추다》 같은 책들이 한국어로 번역 출간되었다. 이들 대부분은 뉴웨이브의 흐름을 타고 케이트 윌헬름과 영향을 주고받은 작가들이다. 《노래하던 새들도 시금은 사라지고》는 그 하나로도 아름다운 소설이지만, 2016년의 독자들이 《노래하던 새들도 지금은 사라지고》를 그사이 더 넓고 풍요로워진 SF의 세계 안에서 즐길 수 있다면 좋겠다.

　《노래하던 새들도 지금은 사라지고》의 이른 절판이 참 많이 아쉽고 참 오래 안타까웠다. 나는 여러 자리에서 종종 농담을 했다. "책이 나왔을 때, 시내 서점에 가서 신간 코너에 있는 걸 봤어요. 그리고 집에 돌아오면서 생각했죠. 내가 지금 이 길에 죽는다면 저 책이 나보다 오래 살아남겠구나. 그런데 겨우 몇 년 지나고 보니, 책은 절판되고 없는데 저는 멀쩡히 살아 있더라고요? 그래서 아 이거 아닌가, 다른 일을 해야 하나, 하고 생각했죠." 반은 농담이었지만, 반은 진심이었고, 듣는 이들은 대체로 웃어 주었다. 나는 아쉬움을 그렇게 털어내며 글을 계속 쓰고 옮겼다. 많은 이야기가 꾸준히 사라져갔다. 그러나 아, 아름다운 소설이 독자를 다시 만날 수 있다는 것은 얼마나 기쁜 일인지.

우리가 이야기가 될 때

과학 소설이란 무엇인가[*]

과학소설이라는 장르

장르는 이름이 붙기 전부터 존재한 어떤 고정된 실체가 아니라 계속되는 협상과 생산 과정이다.[**] 과학소설 또한 마찬가지다. SF라는 장르에 대한 설명도 크게 두 가지로 나뉠 수 있다. 계속된 협상의 흐름에 중점을 두고 장르의 계보를 따라가는 시간적 설명과 협상으로 생산된 결과에 중점을 두는 개념적 설명이다. 셰릴 빈트는 대중 독자를 위한 SF 개론서를 두 권 썼다. 2009년에 마크 볼드와 함께 쓴 《SF 연대기: 시간

---

[*] 셰릴 빈트 著, 《에스에프 에스프리: SF를 읽을 때 우리가 생각할 것들》(아르테, 2019) 해제.

[**] 마크 볼드와 셰릴 빈트, 《SF 연대기: 시간 여행자를 위한 SF 랜드마크 *Routledge Concise History of Science Fiction*》, 2011:1.

여행자를 위한 SF 랜드마크*Routledge Concise History of Science Fiction*》*가 시간적 개론서, 2014년에 출간된 단독 저서인 이 책이 개념적 개론서다.

이 책은 SF라는 장르가 특히 작가와 독자 간의 협상 내지는 상호작용을 통해 발전해왔고, 작가와 독자, 때로는 출판사와 시장, 이론가들이 함께한 이 실천 공동체들이 바로 오늘날 SF라는 장르를 만들어온 과정을 여러 작품과 에피소드로 흥미진진하게 소개한다. 《사이언스 픽션 가이드》는 아주 친절한 책이다. 그럼에도, 이 첫 번째 정석의 출간을 축하하고 보충하는 의미에서 본문을 보충하는 해제를 덧붙인다.

신념의 투쟁 ― 실천 공동체로서의 SF

소위 SF의 황금시대를 지배한 편집자, 캠벨이 SF에 미친 영향은 아무리 강조해도 지나치지 않다. 캠벨리언 SF를 극복한 실천 공동체들에 훨씬 더 주목한 이 책에서조차도, 캠벨은 자그마치 37번이나 언급되는 편집자다. 작가가 테크노크라시적 SF라고 요약하고 있는 캠벨리언 SF의 조건은 정리하자면 네 가지다. ①지금 이곳과 다른 조건이 존재할 것. ②이 새로운 조건이 플롯을 추동할 것. ③이 새로운 조건으로 인해 인간에

---

*   송경아 譯, 허블, 2021.

게 문제가 발생할 것. ④어떤 과학적 사실도 합리적 설명 없이 파괴하지 않을 것.

캠벨은 독재적인 편집자로서 이 네 가지 조건에 맞는 글을 출판함으로써 SF를 다임 소설 중 살아남은 장르로 만들었고, 그와 동시에 캠벨에 반발한 실천 공동체들을 통해 SF를 현대 문학으로 완성시켰다.

캠벨의 이 네 가지 조건이 갖는 한계는 이 책 곳곳에서 설명된다. 캠벨은 대단히 보수적인 유대계 백인 남성 편집자였고, 캠벨 시대 SF 작가 중 주디스 메릴 정도만이 여성 작가 이름으로 캠벨의 시험을 통과해 출판에 이르렀다. 빈트는 이 책 제7장 신념의 문학에서 캠벨이 '여성에게 과학소설을 쓸 수 있는 능력이 있다고 믿지 않는다(204쪽)', '독자들이 흑인 주인공에 감정 이입을 할 수 있을 것 같다는 생각이 들지 않는다(224쪽)'고 작품을 거절했던 사건을 소개하고 있는데, 캠벨은 이외에도 '아프리카 대륙에 초고도 기술 사회가 발전한다는 설정은 비합리적이다'는 이유로 투고작을 거절한 적도 있다.

제6장 실천 공동체에서 언급되는 퓨처리안 운동 또한 캠벨과 연관이 있다. 캠벨이 〈어스타운딩 스토리*Astounding Stories*〉를 인수했던 1937년 미국은 대공황기였다. 많은 출판사와 잡지들이 망했지만 〈어스타운딩 스토리〉는 휴간하지 않았을 뿐 아니라 심지어 다들 어려운 와중에 시장을 장악하는 데 성공했는

데, 이는 캠벨이 원고료를 아주 적게 책정하고 늘장 지급한 덕
분이기도 했다. 새로운 물결이자 현대 SF의 주류로 이어지는
신념 공동체들은 글로는 캠벨의 기술중심주의와 합리성을 가
장한 차별에 저항했고, 글 밖에서는 낮은 고료와 지연 지급에
저항했다.

　건스백*과 캠벨의 전통과 새로운 실천 공동체 간의 충돌이
가장 극명하게 드러난 사건 중 하나는 미국의 베트남전 참전
이었다. 시작은 미국의 베트남전 참전이었다. 주디스 메릴, 데
이먼 나이트, 케이트 윌헬름 같은 SF 작가들은 미국의 참전이
SF가 지향하는 가치에 반한다고 생각했고, 참전 반대 성명을
조직했다. 주디스 메릴은 당시 SF 작가라면 백 퍼센트 반전에
동의하리라고 믿었다고 한다. 그러나 실제로 서명 운동이 시
작되자, 보다 전통적인/보수적인(SF사에서 이 두 집단은 캠벨의 전
통을 따라 종종 겹친다) 작가들은 베트남전 참전이 SF의 가치에
반하지 않는다고 생각했고, 양측은 결국 제각기 서명운동을
조직해 연명한 전면 광고를 SF 잡지 〈갤럭시〉에 게시하기에
이르렀다. 왼쪽에는 '아래 서명한 우리들은 미국이 책임을 다
하기 위해 베트남에 남아야 한다고 믿는다', 오른쪽에는 '우리
는 미국의 베트남전 참전에 반대한다'라는 문구가 있다. 참전

＊　휴고 건스백Hugo Gernsback(1884~1967). 룩셈부르크 출신의 미국 SF 소설가이
　자 편집자. 그를 기념하여 대표적인 SF 문학상인 '휴고상'이 만들어졌다.

찬성 작가 중 한국에도 소개된 작가로는 (당연하게도) 존 W. 캠벨, 래리 니븐, 아이작 아시모프, 로버트 하인라인, 잭 반스 등이 있다. 참전 반대 작가 명단에 우리가 아는 대부분 SF작가들이 속해 있는데, 몇 명만 꼽자면 레이 브래드버리, 사뮤엘 딜레이니, 필립 K. 딕, 할란 엘리슨, 어슐러 K. 르 귄, 진 로덴버리, 조안나 러스 등이다. 서명운동을 주도했던 두 작가, 주디스 메릴과 케이트 윌헬름 중 주디스 메릴은 바로 이 사건을 계기로 미국 국적을 버리고 캐나다로 이민했다. 여담이지만, 이때 메릴이 SF 황금시대에 관해 수집했던 방대한 자료를 모두 가지고 캐나다로 이민하는 바람에 초기 미국 SF에 관한 자료들 중 상당량이 미국이 아니라 캐나다에 보존되어 있다. 케이트 윌헬름은 데이먼 나이트와 함께 창작 공동체 교육에 보다 적극적으로 투신하여 밀퍼드 콘퍼런스(168쪽)를 조직했고, 이는 오늘날까지 옥타비아 버틀러, 킴 스탠리 로빈슨, 날로 홉킨슨, 테드 창 등 수많은 SF 작가들의 산실이 된 클라리온 워크숍의 전신이 되었다.이 사건에서 흥미로운 점은 어느 쪽도 연명 자체에는 반대하지 않았다는 것이다. 양쪽 모두 베트남전이 SF 작가들이 이름을 걸고 입장을 밝힐 만한 사건이라고 생각했다.

2004년에 비슷한 일이 다시 벌어졌다. 이때는 이라크전이었다. SFWA가 이라크전 참전에 대해 작가협회 차원에서 (반전)

입장을 밝혀야 한다는 회원들의 요구를 부결하자 협회 간부가 이에 반발해 사임하는 사건이 있었다. 이에 SF 작가 마이클 스완윅이 나서서 개별 연명을 받았고, 백 수십 명의 SF 작가들이 〈갤럭시〉 때와 같은 방식으로, '과학소설 및 판타지 종사자인 우리들은 이라크전 참전에 반대한다. 일부는 이것이 국제법 위반이기 때문이고, 일부는 이것이 미국이 수호하는 가치에 반하기 때문이고, 일부는 전쟁 자체가 잘못이라고 믿기 때문이다. 우리는 함께, 전쟁을 막을 것을 요구한다'라는 문구 아래 실명으로 서명했다. 이중 역시 한국에 소개된 작가들을 몇 꼽아 보자면 코리 독토로우, 날로 홉킨슨, 낸시 크레스, 프레데릭 폴, 조 월튼 등이 있다. 참전이라는 정치적 이슈가 문학 장르인 SF계의 주요 의제가 된 것은 SF가 투쟁의 장르이고 실천 공동체들 간의 대립과 성장, 경합이 장르 자체의 개념과 결합해 있었기에 가능했으리라. 이 책이 SF를 설명하면서 사용하고 있는 실천 공동체라는 틀은 이처럼 대단히 구체적이고 현실적인 개념이다.

우리 세계와 텍스트의 세계—인지적 소외와 노붐

이 책 제3장 인지적 소외는 다코 수빈이 SF를 정의하며 도입한 개념인 '노붐'을 소개한다. 노붐은 인지적 소외를 일으키는 장치이자 SF의 핵심적 장치다. 노붐이라는 용어는 본래 맑

시스트 철학자 에른스트 블로흐에게서 가져온 것이다. 블로흐는 '인류를 현재에서 아직 실현되지 않은 곳을 향하여 고양시키는 예상치 못한 새로움'을 '노붐'이라고 지칭하였다. 즉, 블로흐의 맥락에서 노붐이란 긍정적인 역사적 변화에 대한 희망을 가져오는 변화다.* 수빈은 라틴어로 새로운 것을 의미하는 노붐을 SF 해석에 도입하여, 어떤 이야기가 SF이려면 그 안에는 반드시 하나 이상의 노붐이 있어야 한다고 주장했다. 우리세계와 텍스트의 세계의 차이인 노붐은 두 가지 측면을 갖고 상호작용한다. 이 두 가지 측면을 물질적 노붐novum material과 윤리적 노붐novum ethical이라고 하는데, 노붐은 텍스트 안에서 이 두 가지 측면을 갖고 상호작용한다. 작가가 본문에서 영화 〈디스트릭트9〉과 〈아바타〉, C. L. 무어의 단편소설 〈기념할 만한 계절〉을 통해 노붐을 설명했는데, 여기서는 한국에서 널리 읽힌 소설들을 설명에 보탠다.

노붐의 가장 직관적인 예는 소위 '거대하고 단순한 물체a big dumb object'다. 아서 C. 클라크의 소설 《라마와의 랑데부》는 거대하고 인공적인 원통형 구조물(혹은 우주선)이 어느날 지구에 다가온 이야기이다. 인류는 '라마'라고 이름 붙인 이 구조물에 일군의 탐사대를 파견한다. 《라마와의 랑데뷰》는 소

---

* 이슈트반 치체리-로나이 주니어, 《과학소설의 일곱 가지 아름다움*The Seven Beauties of Science Fiction*》, 2008:118.

설 전체가 이 낯설고 거대한 물체를 인간들이 조금씩 탐험하여 나아가는 이야기로, 라마는 이 소설에서 서사의 핵심이다. 클라크는 라마라는 노붐을 우리 세계에 불현듯 던져넣음으로써, 낯선 존재와 접촉한 인간이 갖는 호기심, 경이감, 발견의 신비로움과 존재의 외로움 등의 새로운 경험을 이끌어낸다.

래리 니븐의 소설 《링월드》에는 항성 주위를 천천히 도는 띠 모양의 거대한 인공 구조물이 등장한다. 수많은 행성들을 부수어 만든 어마어마한 규모의 거주 지역이라는 '거대하고 단순한 물체'는 우리 지구인들의 세계에는 존재하지 않지만 《링월드》라는 소설 내에서는 과학적으로 존재하고, 독자들에게도 그 존재가 논리적으로 설명된다. 이 인지적 소외에서 〈링월드 시리즈〉의 매력이 탄생한다. '링월드'는 소설의 전개에 필수적이지만, 그 자체로도 흥미롭다. 링월드에서 계절은 어떻게 바뀔까? 하늘은 어떻게 보일까? 중력과 대기는 어떻게 유지될까? 시간감과 공간감은 어떻게 다를까? 링월드의 존재와 인류가 만난다면 어떤 일이 일어날까? 링월드가 없는 세계의 독자인 우리는 정교하게 구성된 링월드가 자연스럽게 존재하는 세상으로 들어가면서 이 책을 즐기게 된다.

보다 근간의 예로는 미국 SF 작가 엘리자베스 문의 《어둠의 속도》가 있다. 이 소설은 아주 가까운 미래의 미국이 배경으로, 거의 모든 면에서 우리 세계와 비슷하지만 딱 한 가지가 다르다. 지금은 아직 원인이 규명되지 않은 장애인 자폐를 치료할 수 있게 되었다는 점이다. 이 소설은 의학의 발전이 단계적으로 이루어지는 우리 세계의 현실을 그대로 반영한다. 30대 후반인 주인공 루는 자폐인으로, 어렸을 때부터 조기 개입 치료와 사회 적응 훈련을 받아 사회적으로나 경제적으로나 자립하여 살고 있지만, 비장애인은 아닌 자폐인이다. 그런데 성인인 자폐인의 자폐를 외과적 수술로 '완치'할 수 있게 되고, 주인공 루는 이 새로운 외과 수술의 임상 실험에 참가할지 고민한다. 이 소설은 자폐 치료 수술이라는 노붐을 통해 물리적 노붐(외과 수술)과 윤리적 노붐(장애와 정상성) 두 가지 측면을 보여주는 작품이다.

한국의 SF와 실천 공동체

과학소설은 문학 장르이자 예술로서 역사와 계보를, 영미 문학 연구의 주제로서의 과학소설에는 확고한 비평과 이론을 갖고 있다. 이를 마침내 한국 독자들에게 한국어로 소개하는 책이 나온 것은 대단히 기쁜 일이다. SF라는 장르가 '과학소설이란 무엇인가', '무엇이 과학소설인가'라는 두 가지 중요하되 다소 소모적인 질문에 오랫동안 거듭 답해야 했던 입장에서는 더없이 반가운 소식이기도 했다.

한국의 SF 작가와 독자들은 어떤 실천 공동체를 만들어왔고, 만들어갈까? 한국 SF가 선택하는 좋은 과학소설은 어떤 것이 될까? 우리 SF계 사람들은 어떤 투쟁을 할까? 우리의 인지적 소외는 어디에서 올까? 한국의 SF 작가들은 어떤 노븀을 썼거나 쓰고 있을까? 이 책 각 장의 예로 한국의 SF를 활용한다면, 어떤 작품들을 어디에서 언급할 수 있을까? 이 책의 출간은, 이와 같이 보다 보편적이고 발전된 질문을 향해 나아가는 큰 첫걸음이 될 것이다.

과학을 과학이게 하는 것
소설을 소설이게 하는 것[*]

"아, 큰일 났다."

배명훈의 신작,《고고심령학자》의 해설 청탁을 흔쾌히 받아
들였을 때만 해도, 나는 큰일이 날 것이라고는 생각하지 않았
다. 일단 배명훈의 신작을 먼저 읽어보고 싶다는 욕심이 있었
고, 배명훈이라면 분명 좋은 소설을 썼을 터이니 일단 다 읽고
나면 무슨 말이든 쓸 거리가 있으리라는 기대가 있었고, 모든
독자들이 소설 본문을 읽은 다음, 해설과 작가의 말까지 꼼꼼
히 읽지는 않으리라는 짐작이 있었다. 욕심과 기대와 짐작의
경중을 가늠해보니 일단 읽어보고 싶은 욕심이 제일이었다.

그리고 이 소설을 읽은 다음, 나는 아뿔싸, 소설 좀 먼저 읽

어보려고 욕심을 냈다가 큰일이 난 것을 깨달았다. 배명훈은 또 아주 새로운 소설을 썼고, 이럴 때 외고도 아니고 책 안에 함께 실리는 해설은 특히 무겁다.

"왜 배명훈 님은 우주선이 나오고 우주에서 싸우는 소설을 쓰지 않은 거죠?"

나는 독서의 여운이 가시고 내가 해설을 쓰기로 했다는 사실을 깨닫자 다짜고짜 일단 이렇게 불평한 다음, 안대를 꺼내 쓰고 두 시간을 잤다. 오후 4시였다(혹 당신도 이 소설을 읽고 '내가 뭘 봤지?'라고 생각했다면, 당황하지 말고, 이 해설을 읽기 전에 한숨 자기를 권한다).

1. 과학을 과학이게 하는 것

과학소설Science Fiction을 정의할 때, 여기에서의 과학이 자연과학이나 공학뿐 아니라 사회과학, 넓게는 인문학까지도 포섭한다는 것은 새삼스럽지 않은 이야기이다. 과학소설이 말하는 과학은 과정으로서의 과학, 합리성으로서의 과학이다. 합리적인 사고에 대한 신뢰, 합리적 사고를 하는 연구자들에 대한 신뢰, 그 사고의 적층을 통해 학문이 학문으로 성립한 결과에 대한 인정, 이 모든 것을 우리는 과학이라고 부르고, 과학소설은 이 과학적 사고를 소설에 편입하여 경이감을 불러일으킴으로서, '과학'소설이 된다.

그러나 이 수십 년 동안 반복되어 온 개론의 개념 정의에도 불구하고 우리는 과학소설을 말할 때 으레 자연과학을 먼저 떠올린다. 우주, 기계, 공학 등에서 멀어질수록 '이것도 과학소설인가?'라는 질문을 맞닥뜨린다.

1) 학문적 공간의 중첩

배명훈은 《고고심령학자》에서 천문대라는 공간을 이용함으로써, 독자에게 과학소설의 과학을 사회과학으로 확장하여 이해하는 경험을 제공한다. 천문대라는 전형적인 자연과학의 공간을 고고심령학의 현장이자 연구실로 설정한 것이다. 천문대는 고고심령학을 학문으로 존재하게 하는 공간적 매개가 된다. 천문대가 천문학이라는 학문의 공간으로 활용되던 지점/시간과 고고심령학이라는 학문을 위한 공간이 된 지점/시간은 매우 단단한 물성을 지닌 천문대 건물, 복도, 연구실에서 중첩되고, 독자는 그 두 가지 과학이 중첩한 공간 속에서 고고심령학이라는 학문을 수용하게 된다. 고고심령학자들은 고고심령학이 학문이라는 점을 확신하지만, 고고심령학이 없는 세계를 사는 우리들에게도 고고심령학이 학문으로 성립하는 데에는 천문대라는 자연과학의 공간에 고고심령학계를 섬세하게 펼친 설정의 역할이 적지 않다. 천문대에 있는 학자의 연구실이라니, 얼마나 영리하고 교묘한지!

2) 비현실과 비논리 사이의 엄밀한 경계

한편, 이 소설은 비현실적인 것과 비논리적인 것을 선명하게 구분한다. 천문대에 살고 있는 천 년이 넘은 드라비다 혼령이나 서울 시내에 갑자기 나타난 빙의된 성벽은 비현실적이다. 그러나 고고심령학 연구자들에게 이러한 혼령의 존재나 현상이 비논리적인 것은 아니다. 혼령은 실재하고, 고고심령학은 이 세계에 혼령이 실재한다는 현실을 경험적으로 확인하고 성벽의 출현 같은 새로운 현상에 논리적이고 가장 정합적인 답을 찾는 학문이다. 아직 협동 과정만 있고 독자적인 박사 학위 과정이 없을 만큼 불안정한 분야라는 점까지도 참으로 현실적이다.

혼령의 존재에도 불구하고, 아니 오히려 혼령이 현실에 존재하기 때문에 이 소설은 결코 판타지일 수 없다. 사실 이 소설에서 굳이 가장 비현실에 가까운 부분을 꼽자면 이 소설에 등장하는 모든 연구자들, 심지어 고고심령학으로 적당히 관의 예산을 따내 랩을 운영하는 이 대표까지도, 기본적으로 성실하고 정직한 학자들이라는 점 정도일 것이다.

3) 고요한 멸망과 조용한 해결

이 소설에 닥친 세계 멸망, 혹은 서울 멸망의 위기는 고고심령학으로 해결된다.

서울 시내에 혼령이 빙의한 어떤 거대한 물체가 나타난다. 사람들은 귀납적으로 이 물체가 벽이라는 가설을 세운다. 벽이라면 벽의 안과 밖이 있으리라는 추론이 자연스럽게 그 뒤를 잇는다. 한편 벽이라면 문이 있을 것이다. 문이 있다면 문을 통해 드나들 수 있을 것이다. 문이 열려 있다면 누군가가 드나들고 있었을 가능성이 높다. 또한, 구전되는 이야기 중 어떤 것들에는 진실이 담겨 있고, 변형을 거슬러 가면 원형에 다가갈 수 있다.

합리적 사고는 보편적이고, 이론으로 성립할 수 있는 판단은 나라와 시대와 언어를 넘어 검증 가능하다. 착실한 문헌 분석, 성실한 현장 조사, 유능한 연구자의 통찰과 그에 대한 신뢰를 바탕으로 '문제'는 '해결'된다.

이 소설에서 서울이 맞닥뜨리는 위기는 거대한 멸망이지만, 그 멸망은 소리 없이 내리는 눈처럼 조용하다. 그 멸망을 막는 것 또한 하룻밤이면 녹아버리는 눈처럼 존재감 약한, 그러나 답을 찾기를 멈추지 않고 큰 질문 앞에서 고개를 드는 연구자들이다. 이 점에서 이 소설에는 특히, 학문을 하는 사람들을 위로하는, 아름답고 이상적인 정서가 있다.

2. 소설을 소설이게 하는 것

이 소설의 주요 등장인물들에게는 하나의 공통점이 있다.

모두 연구자라는 점이다. 성별, 연령, 국적, 민족은 때로는 분명히, 때로는 애매하게 표현된다. 조은수와 김은경, 조은수와 파키노티, 조은수와 이 대표, 문 박사와 파키노티, 문 박사와 이 대표…… 이 소설의 등장인물들 중 우리는 좋은 사람과 나쁜 사람을 구분하기 어렵다. 애당초 이 소설이 사람을 그렇게 나누고 있지 않기 때문이다. 여기에는 너 유능한 연구자, 더 큰 재능을 타고난 연구자, 현실과 타협한 연구자, 타협할 필요가 별로 없었던 연구자들이 있을 뿐이다.

좋은 사람이기 때문이 아니라 유능한 사람이기 때문에 생기는 관계들은, 일견 건조해 보일지 모른다. 그러나 타인의 유능함을 있는 그대로 받아들이는 건강한 인물들을 한국 소설에서 만나기란 쉽지 않다. 타인의 재능을 알아보는 눈을 가진 '좋은' 사람들이 직관적으로 관계를 맺는 것은 현실에서 쉬운 일이 아니다.

《고고심령학자》에는 존중과 인정에 바탕을 둔 관계들, 끈적거리지 않지만 단단하고, 완전하지 않지만 허점들마저도 그저 존재하는 채로 받아들인 온전한 존재들 사이의 깊고 건강한 애정이 있다. 그리고 그런 온전한/좋은 존재들은 몇 시간을 걸려 초원을 달리거나, 눈을 함께 맞거나, 벽을 뚫고 어깨를 감싸 안거나, 나란히 서서 코끼리를 마주하거나, 서로의 눈물을 닦아주거나, 함께 열반에 든다.

뒤틀리지 않은 사람들. 성벽이 사라지고 어린 혼령이 사라져도 자라나갈 관계들. 살아갈 사람들. 나는 《고고심령학자》의 인물들의 삶이 어딘가에서, 이야기의 세계 속에서 계속되리라고 생각하고, 이 생각에서 깊은 충족감을 느꼈다.

마지막으로 당부하고 싶은 것은, 이 글은 어디까지나 과학소설가의 해설이라는 점이다. 나는 이 소설을 과학소설로 읽었고, 동시에 장르에 대한 편견과 고고심령학이라는 소재 때문에 비-과학소설로 읽힐 가능성이 있는 소설이라고 생각하여 이 해설을 썼다. 그러나 사실, 당신이 《고고심령학자》를 읽고 '이것은 과학소설이 아니다'라고 생각했더라도, 혹은 이 소설의 '과학''소설'인 부분이 아니라 이 소설의 다른 지점들을 인상 깊게 읽었더라도, 그 역시 좋은 일이다.

나는 드넓은 초원에 대해, 눈 내리는 산에 대해, 차투랑가와 코끼리에 대해, 두 개의 심장을 가진 도시들에 대해, 행간을 넘어 가슴에 남는 어떤 관계들에 대해 이 글에 일부러 한 마디도 쓰지 않았다. 그것은 배명훈이 이 소설로 다시 한번 확장한 '우리 이야기'의 새로운 경계 언저리에서, 혹은 그 너머에서, 살아 있는 독자인 당신이 발견해나갈 것들이라 믿기에.

우리가 이야기가 될 때[*]

1. 존재의 소멸과 죽음이 분리될 때

《아르카디아에도 나는 있었다》는 이천에 있는 양로원에서 시작한다. 정기 여객선 테르시코바가 폭발하자, 구조된 유일한 생존자—혹은 생존자 비슷한 존재—배승예는 가장 가까운 세종연합 소행성인 이천으로 이송된다.

이천에는 이 소행성 에너지의 거의 절반을 먹어치우는 아르카디아라는 양로원이 있다. 세상 대부분이 이미 그렇듯, 이 양로원은 가상현실이다. 인간의 조악한 미감에서 출발해 적당히 낡고, 적당히 생기 있고, 적당히 잊힌 요소들을 적당히 버무린 다음, 다행히 인간의 낭만이라는 제한에서 적당히 벗어난 AI 관

---

*　듀나 著, 《아르카디아에도 나는 있었다》(현대문학, 2020) 작품해설.

리자가 관리하고 있는 도시다.

본래 양로원은 죽음을 향하는 속도를 조절하기 어려운 이들을 위한 장소다. 육체와 정신이 영원히 소멸하는 전통적인 죽음과 막연하고 아찔한 영원한 삶이라는 극단적인 두 선택만 있던 시대에, 거대 인공지능인 마더의 싱귤래리티에 뇌 속 정보를 넘기는 아르카디아 같은 양로원은 제3의 선택지를 제공했다. 아르카디아에는 육체의 확실한 소멸과 정신의 불완전한 (이라고 지구인들이 이해할 법한) 지속이라는 길이 있었다. 뇌 속의 정보를 AI에게 모두 넘기고 싱귤래리티에 결합하는 일은 어떤 이들이 보기에는 가혹한 죽음일 것이다. 그냥 죽음도 아니고 인간 존재에 대한 배신이다. 반면 어떤 이들에게는, 영혼이 서서히 개별성을 상실하고 거대한 AI로 천천히 녹아들 수 있는 환경은 호스피스 센터와 같으리라. 배승예처럼 애당초 우주에서 자란 이들에게 양로원에서 마더와 결합하는 것은 삶과 죽음의 문제조차 아니다. 그저 '존재의 형태를 바꾸는' 일일 뿐이다.

어떤 이들은 자신의 소멸을 기대하며 아르카디아에 온다. 어떤 이들은, 특히 지구인처럼 중력이 일정한 땅에 발을 딛고 사는 이들은 이 인간성의 기이한 상실을, 우주 한복판에 재현된 한국의 구시가지와 이곳에서 발생하는 죽음을 구경하러 아르카디아에 온다. 마더에게 영혼이 흡수되는 양로원은 그 본래 목적을 찾아온 이들에게는 소멸이지만 관광객들에게는 구경거리이다. 낡은 아파트와 상가, 온갖 창작물에서 가져온 설정과 공간이 뒤섞여 현실을 가장하는 가상공간은 다른 형태의 죽음이라기에는 너무나 우스꽝스럽고 비현실적이다. 옆에서 빗자루질을 하던 커다란 인형탈이 갑자기 빗자루를 내던지고 무지개색 리본을 흔들며 춤을 추기 시작하거나 디즈니 만화영화의 공주 드레스를 입은 배우가 공짜 아이스크림을 불쑥 건네주어도 이상하지 않은, 이벤트가 허용되는 공간일 뿐이다. 존재의 소멸과 죽음이 분리된 세상이라면 죽음은 관광거리가 될 수 있다. 적어도 그것이 남의 일인 사람들에게는 충분히.

2. 이야기에 속하지 않은 캐릭터가 등장할 때

안타깝게도 배승예는 소멸을 찾아 온 노인도 아니고 무지개색 리본이나 아이스크림 콘을 기대하며 날아온 관광객도 아니다. 배승예의 몸은 거의 날아갔지만, 어쨌든 뇌와 척수가 좀 남아 자의식이 아직 있는 데다 2~3주 안에 몸이 재생되면 대충 인간 상태로 돌아가 영토부의 중간 관료 노릇을 계속할, 이 세상의 기준으로 따지자면, 충분히 원래 상태를 일관되게 지속하며 살아 있는 인간이다. 그저 아르카디아라는 양로원 가상현실에서 의식을 회복했을 뿐이다.

즉, 배승예는 이 우주의 '시민'이지만 아르카디아의 '관리자'

도 '직원'도 '고객'도 '관광객'도 아니다. 아르카디아라는 세계에 속하지 않은 캐릭터인 것이다. 그리고 배승예는 아르카디아에서 기이한 아바타를 만난다. 온갖 미디어에서 가져온 NPC 아바타들 사이에서, 인간인지 AI인지 알 수 없는 어떤 존재가 나타나 배승예에게 기이하고 장황한 메시지를 전하고 사라진다. 아르카디아라는 양로원에서는 일어날 법하지 않은 일이다. 거대한 음모일까? 착각일까? 오류일까? 마더에 속하지 않은 배승예가 아르카디아에 나타났기 때문에 어떤 문제가 생겨난 것일까? 아니면 반대로, 사실 배승예는 이미 마더 안에서 흡수되었는데 혼란을 겪고 있는 걸까(이천의 마더는 소멸 과정에 이런 일은 없다고 주장하지만, 글쎄, 아무리 무료해도 사이비 종교 서적 같은 수십 페이지짜리 팸플릿을 진지하게 끝까지 읽고 그 내용을 다 믿는 사람이 몇이나 있겠는가)?

아르카디아에 속하지 않은 캐릭터, 배승예는 아르카디아에 속한 캐릭터들을 찾아가 이 수상한 사건을 파헤치기 시작한다. 배승예는 우선 아르카디아의 개별자 경찰이자 배승예의 베이비시터였던 라다 문을 찾아간다. 아, 그사이에 아이스크림 케이크도 먹기는 했다. 아르카디아에 왔으니까. 라다 문은 아르카디아에서 자신이 추적하고 있던 다른 사건을 이야기해준다. 그 역시, 마더에게 흡수된 동시에 밖에 존재하는 것 같은 존재를 수사한 이상한 일을 겪었다. 이 사건들은 서로 관련이 있을까? 마더는 이 일을 알고 있을까? 이천의 싱귤래리티는 마더고, 아르카디아에 소멸하러 오는 모든 인간을 흡수하고 아르카디아의 캐릭터들을 만들어내는 마더가 모르는 일이 있으리라고 생각하기는 어렵다. 그렇지만 배승예의 존재는? 우주선 폭발 사고, 유일한 생존자 배승예 구조, 아르카디아 이송, 배승예가 만난 낯선 캐릭터…… 마더가 과연 이 모든 일을 모두 알고 계획했을까? 배승예는 아르카디아의 캐릭터가 아닌데?

3. 캐릭터들이 오컴의 면도날을 휘두를 때

아르카디아 밖의 캐릭터인 배승예와 아르카디아 안의 캐릭터인 라다 문 일당은 아르카디아 안팎에서 일어난 이상한 일들을 조사하기 시작한다. 이 일당에는 〈블러디 문〉의 팬 게임 〈더러운 계약〉에서 나온 비밀경찰 수사관 티무르 스몰린, 같은 게임 출신인 무국적 외교관이자 음모론자인 엘레나 오딜리가 있다. 이들은 최근 겪은 기이한 사건들과 그동안 조사한 내용을 공유하며 상황을 설명하는 가설을 하나씩 제해간다. 이들의 대화는 의도적으로 장황하지만, 사실 같은 현상을 설명하는 가장 간단한 가설을 찾아간다는 점에서 배승예, 라다 문, 티무르, 오딜리의 서술은 사실 오컴의 면도날, 즉 사고 절약의 원리를 충실히 따르고 있다.

우주선 폭발 사고 증가, 연방우주군 증원, 지나치게 잦은 글리치, (배승예를 포함해) 있어서는 안 되는 캐릭터의 등장 같은 현상에서 얼마나 많은 음모, 아니 가설을 만들어낼 수 있을지!

등장인물들의 경험과 여러 가설을 충실히 따라가고 설정을 꼼꼼히 따지며 지극히 진지한 마음가짐으로 이 소설을 읽던 독자라면 이쯤에서 혼란스러워졌을지도 모른다. 그러나 라다나 오딜리 같은 달변가가 풀어내는 '이야기'를 다 믿지 말고, 독자 자신도 '아르카디아에 본래는 없을 캐릭터'가 되었다고 생각하며 다시 읽어보면 이 부분 〈목요일(그리고 일주일 전 목요일[그리고 몇 달 전])〉은 더없이 유쾌하다. 등장인물들이 선택한 가설 외에도 수많은 음모의 씨앗이 숨어 있다. 나는 세 가지 정도를 생각해보았다. 일단 가장 평이한 음모는 마더를 빌런으로 설정하는 것이다. 누구의 적으로 할지는 나중에 생각하고, 일단 사실 마더가 빌런이었다는 음모를 꾸며볼까? 이천의 마더는 사실 엘리시움 같은 글리치의 정글이 되고 싶었던 것이다! 아르카디아 양로원까지 굳이 찾아오는 인간들을 너무 많이 흡수한 나머지 톨스토이화한 마더는 어떨까? 인간 존재의 본질이나 진정성, 인간의 감정 따위에 무게를 싣는 마더는 고루한 설정이긴 해도, 배승예를 굉장히 피곤하게 할 수는 있을 것 같다. 마더의 싱귤래리티가 외계인의 사고를 흡수하며 변질되었다는 가정도 썩 그럴듯한데, 이 가정과 비슷한 멜뤼진 문명설이 소설 속에 나오니 이건 넘어가자. 잠깐, 아무래도 배승예 캐릭터도 좀 수상하지 않나? 돌이켜 곰곰 생각해보면, 배승예가 단 한 문단으로 자신이 인간이 아닐 가능성을 너무 태연히 배제한 것이 아무래도 수상하다. 이 소설의 독자는 모두 즐거운 음모론자가 될 수 있다.

이 소설의 캐릭터들은 내용적으로는 일어나고 있는 현상을 지극히 진지하게, 단계적이고 체계적으로 분석하지만 서술적으로는 사고 절약의 원리를 극도로 비절약적으로, 달리 말해 장황하게 펼친다. 그리고 그 긴 대화와 추론, 액션과 모험이 결말에 이르러 SF적으로 가장 간단한 결론에 도달하기는 한다. 본문을 아직 다 읽지 않았거나, 읽었지만 작가를 의심하며 새로운 음모를 꾸미기 시작한 멋진 독자들을 위해 그 내용은 말하지 않겠지만, 아, 듀나가 이 소설에서 면도날을 휘두르고 선택한 가설은 SF로서는 정말이지, 완벽하다. 무릎을 치며 웃음을 터뜨릴 수밖에.

4. 한국 SF가 소행성대로 나아갈 때

한국어를 사용하는 작가들에게 한국어권 세계의 설정은 언제나 큰 고민거리이다. 다행히 한국 SF에서 '한국어를 사용하는 세계'가 넓어지고 있다고는 하나, 그 경계의 확장은 언제나 고민스럽다. 제임스니 로즈니 하는 인물을 도무지 더 이상 만나고 싶지 않지만, 당장 얼마 전에도 나는 한국 작가들의 글을 읽다가 '로즈'를 두 명도 아니고 다섯 명이나 만났다. 알파벳+숫자 조합의 AI는 얼마나 많이 만났는지 두 손으로 다 셀 수도 없다. 독자로서 만나는 글들이 이렇다 보니, 작가 입장에서 한국어와 한국인(한국계)을 중심에 놓은 SF를 쓰는 일이 아직 모험처럼 느껴지는 것은 어쩔 수 없다. 상업 작가가, 로즈를 다섯 명이나 만나는 독자들에게 김승여를 들이밀기란 쉽지 않다.

듀나는 최근 두 가지 방향에서 이 문제를 다루고 있는 것으로 보인다. 첫째는 경험 세계로서의 한국에 밀착하는 방향이다. 《대리전》, 《아직은 신이 아니야》, 《민트의 세계》, 〈사춘기여, 안녕〉 같은 작품들이 이에 속한다. 둘째는 아예 모든 인류의 경험 세계 밖에 한국어권을 창조하는 방향이다. 〈두 번째 유모〉, 〈사라지는 미로 속 짐승들〉, 그리고 이 《아르카디아에도 나는 있었다》 등이 후자에 속한다.

이 소설은 '세종연합 소행성대의 이천이라는 소행성에 있는 아르카디아라는 양로원 가상 세계'를 배경으로 하며, 가상 세계와 물리 현실에서 한국어권을 중첩적으로 확장했다. SF를 읽고 쓰는 사람에게는 사실 배승예가 인간인지보다 배승예가 어디까지 갔는지가 더 중요하다. 배승예가 간 곳은, 한국문학으로서의 SF가 새로이 간 곳이다. 더 먼 곳에 만들어진 또 하나의 새로운 이정표다. 태양계 어디든 더 수월하게 오갈 수 있게 된 배승예가 더 멀리 가면 좋겠다. 우리가 새로운 이정표가 곳곳에 세워진 한국 SF의 세계를, 이 소설과 함께 천연덕스럽게 공유할 수 있다면 좋겠다.

피할 수 없는 비극과 가능한 치유에 관한 이야기[*]

새삼스러운 말이지만, 소설이 다루는 모든 사건이나 감정은, 고통도 포함하여, 우리가 일상에서 경험하거나 느끼는 날것과 다르다. 소설 속 고통은 어떤 사건이 사람이나 세계에 남긴 거친 상처의 피를 닦아내고, 울퉁불퉁한 흉터의 모양을 특정한 시각에서 살핀 후, 이를 다른 재료로 다시 빚어낸 결과물이다. 현실은 소설만큼 '소설적'이지 않지만, 소설 속 비극은 때로 지극히 현실적이다.

옥타비아 버틀러의 《와일드 시드》가 그렇다. 《와일드 시드》는 작가의 〈도안가Patternist 시리즈〉 중 출간 순서상으로는 다섯

[*]   옥타비아 버틀러 著, 《와일드 시드》(비채, 2019) 작품 소개.

권 중 네 번째, 소설 속 시간순으로는 첫 번째 책이다. 이 시리즈는 고대 이집트에서 먼 미래까지 이어지는 초인들의 장구한 비밀 역사를 다룬 느슨한 연작이다.

《와일드 시드》의 주요 인물인 '도로'는 약 3천7백 년을 살아온 초인으로, 다른 사람을 죽이고 그 사람의 육체를 빼앗는 능력을 갖고 있다. 그는 조금이라도 독특한 능력을 지닌 사람들, 즉 소위 초능력자를 찾아내 한 마을에 모은 다음, 자신의 아이를 갖게 하거나 서로 교배시켜 새롭고 강한 일종의 초인 일족을 만들고 있다. 그에게 찰나를 사는 인간들은 교배와 개량의 대상일 뿐이다.

이 소설은 도로가 17세기 아프리카의 한 부족 마을에서 '아냥우'라는 초인 여성을 찾아내면서 시작한다. 많은 초인들은 가장 강력하고 가장 오래된 존재인 도로와 유전적으로 연결되어 있어 소위 개량에 한계가 있거나 정서나 신체 중 어느 한쪽이 불안정한 돌연변이다. 그러나 아냥우는 모습을 바꾸는 능력을 가진 초인이지만 도로로부터 유래하지 않은 존재, 즉 야생종wild seed이고, 3백 년을 혼자 힘으로 살아오며 수많은 자손을 낳은 생명력 강한 존재다. 도로는 오랫동안 다른 이들을 아내이자 어머니로서 떠나보내며 살아온 아냥우에게 '손으로 묻지 않아도 되는 자식을 주겠다'고 제안하고, 아냥우는 도로의 제안을 받아들여 노예선을 타고 바다를 건너 도로의 일족 마을인 휘틀리로 간다.

　그러나 아냥우가 생각한 삶과 도로가 구상한 아냥우의 삶은 근본적으로 달랐다. 아냥우는 노예선에 몸을 싣고 다른 대륙으로 가며 도로를 남편으로 받아들였다. 그러나 도로에게 아냥우는 새롭고 강한 일족을 만드는 데 유용한 도구, 지금까지 발견한 것 중 최강의 야생종인 뿐이었다. 일족 마을에 도착한 날 밤, 도로는 아냥우에게 자신의 아들인 아이작과 결혼하라고 명령한다.

　아냥우는 도로보다 어리고, 도로보다 윤리적이고, 도로와 달리 사랑을 할 줄 안다. 아냥우가 살아온 3백 년은 도로의 3천 7백 년에 비하면 찰나다. 아냥우에게는 다른 동물의 젖을 먹지 않는 것부터 근친교배에 대한 거부감까지 많은 터부가 있다. 아냥우는 자식들의 죽음도 약한 이들의 죽음도 원치 않는다. 그렇기에 아냥우는 도로보다 약하다. 아냥우는 도망을 포기하고 도로의 아들인 아이작과 결혼한다. 도로의 아이와 아이작의 아이를 낳고, 도로 일족 마을 사람들을 자신의 치유력으로 보살피며 산다. 아냥우의 노예적 삶은 사랑하던 이들을 한꺼번에 잃은 다음에야 잠시나마 끝이 난다. 아냥우는 도로가 자신을 결국 찾아낼 줄을 알면서도 도로를 떠나, 도로와는 다른 이유와 방식으로 자신의 일족을 꾸린다.

우리가 이야기가 될 때

"이들은 도움이 필요했고 내게는 도울 수 있는 힘이 있었어"라고 말하는 아냐우와 이에 "도울 필요가 있나?"고 무심히 묻는 도로는 결코 서로를 완전히 이해할 수 없을 것 같은 양극단이다. 그러나 아냐우와 도로는 그와 동시에, 이 세계에 단둘뿐인 불멸자 동지이기도 하다.

4천여 년을 살아온 초인적 존재라는 설정은 우리의 일상적 경험을 아득히 넘어선다. 그럼에도 《와일드 시드》는 선명하고 깊은 고통과 절망을 독자에게 전이한다. 상대의 굴복을 당연하게 여기는 강자의 존재, 이를 허락하는 인종차별과 노예제, 어디서나 이용당하는 가임 여성, 너무나 쉽게 사라지는 생명, 더 고민하는 자가 더 약자가 되는 상황, 약자에게 최선의 길은 기껏해야 강자와의 타협일지 모른다는 절망까지, 《와일드 시드》인 아냐우의 삶은 현실 세계의 갈등과 비극을 담고 있다.

버틀러는 《와일드 시드》의 아냐우와 도로가 '현실 세계에서 선과 악이라는 개념은 결코 완전하지 않고 언제나 단계적이며', '무언가를 얻을 때는 무언가를 잃어야 하는 것이 현실'이라는 자신의 가치관을 가장 잘 드러내고 있다고 말한 적이 있다. 《와일드 시드》는 선악과 강약이 부딪힐 때 세계에 남는 깊은 상처들에서 흘러나온 피를 차분히 닦아내며 상처를 낱낱이 드러낸다. 터져 곪은 상처의 고통과 괴로움에 대해 쓴다. 흉터가 남을 수밖에 없는 비극을 아름답고 처절하게 말한다.

그러나 버틀러는 여기서 이야기를 멈추지 않고 그다음을 보여준다. 어떤 비극은 그저 닥치고 어떤 고통은 견딜 수밖에 없지만, 삶은 흉터를 가진 채 계속될 수 있을지도 모른다. 아냥우와 도로의 관계가 계속되듯이 말이다. 흉터는 상처의 증명인 동시에 치유의 결과다. 아무리 큰 상처도 언젠가는 아물 것이다. 태양이라는 뜻의 아냥우가 끝까지 살아남아 도로를, 그리고 세계를 바꾸듯이.

맺음말
이것이 나의 유언

얼마 전, 나는 예전부터 생각했던 일을 하나 해치웠다. 유언을 한 것이다. 꽤 예전부터 할 일 목록에 있었던 일이긴 하지만, 아무래도 우선순위가 높지는 않았다. 그러나 코로나바이러스의 세계적 대유행 이후, 내게 유언은 아주 중요한 일이 되었다. 변호사로서 내가 가진 몇 가지 믿음(?) 중 하나는 '죽은 사람은 산 사람을 이길 수 없다'는 것이다. 망인과 상속인들 간의 관계가 아주 원만했더라도, 사후의 일이 망인의 뜻대로 풀리기란 쉽지 않다. 산 사람들의 생각, 의지, 이해관계, 외부의 간섭이 발생한다. 망인이 생각하지 못했던 상황이 발생하기도 한다. 그러나 이미 죽은 사람한테 가서 물어볼 방법은 없다. 산 사람의 힘이 항상 더 세다. 우리가 보통 생각하는 직접 쓴 유언장을 자필증서에 의한 유언이라고 하는데, 유효한 유언장을 쓰는 일은 쉽지 않다. 예를 들자면, 유언장에는 반드시 도장을 찍어야 한다. 사인만 하면 안 된다. 주소도 정확히 써야 한다. '2020년 6월 관악산 아래에서'라고 쓰면 무효다. 산 사람들끼리 많이 싸운 덕분이다.

나는 배운 것이 이 일이니 유효한 유언장을 쓸 수는 있다. 그렇지만 죽은 나는 살아 있는 사람 누구보다도 힘이 없으리라 생각해 애당초 자필 유언은 고려하지 않고, 서류로 남길 수 있는 가장 강력한 형식인 공증 유언(공정증서에 의한 유언)을 하기로 했다. 나에게는 별다른 유형자산이 없다. 아이도 없다. 지금처럼 살면 둘 다 앞으로도 딱히 없을 것 같다. 내 재산 중 가장 가치 있는 것은 바로 이 책을 포함한 글, 즉 지적재산권이다. 지적재산권은 공동 소유하기가 상당히 번거로운 재산인데, 내가 죽으면 거의 반드시 공동상속이 발생한다. 내가 지금 죽으면 나의 유산은 부:모:남편이 1:1:1.5로 상속한다. 부모님 중 한 분이 돌아가신 후 내가 이혼하지 않은 상태에서 사망하면 내 재산은 생존비속과 남편이 1:1.5로 상속한다.

그래서 나는 유언을 썼다. 지적재산권을 픽션과 논픽션으로 나누고, 공동상속이 발생하지 않도록 픽션과 논픽션을 각각 한 사람에게로 완전히 귀속시키기로 했다. 유언집행자도 지정했다. 유언집행자는 이미지로는 애거사 크리스티 소설에서 유족들 앞에서 유언장을 공개하는 변호사고, 실무에서는 상속인들의 위임장과 인감을 받아 행정관청을 돌아다닐 사람이다. 20년 넘은 인연인 지금의 남편에게 그 정도는 신세를 지기로 했다.

공증 유언을 하고, 나는 상속인들에게 "나를 최대한 오래, 널리 읽히게 해달라"고 부탁을 했다. 이 부탁에는 아무런 법적인 힘이 없다. 상속인들의 뜻대로 될 일도 아니다. 그러니 나는 이 말을 유언에 쓰지 않았다. 그래도 역시, 공정증서유언 원본을 책장에 꽂으며, 나는 어쩐지 더 살 수 있을 것 같은 기분이, 어쩌면 팬데믹 이후의 시대에도 나는 살아 있을 것 같은 기분이 들었다.

세계의 악당으로부터 나를 구하는 법

1판 1쇄 발행 2021년 11월 30일

지은이 · 정소연
펴낸이 · 주연선

(주)은행나무
04035 서울특별시 마포구 양화로11길 54
전화 · 02)3143-0651~3 | 팩스 · 02)3143-0654
신고번호 · 제 1997—000168호(1997. 12. 12)
www.ehbook.co.kr
ehbook@ehbook.co.kr

ISBN 979-11-6737-093-8 (03810)